2

一路煩花

illust. Tefco

第三部

神祕主義至上！為女王獻上膝蓋

Kneel for your queen

—動盪—

Kneel for your queen
秦苒
20歲，身高約175公分。
父母離異，從小由外婆扶養長大。
高三休學失蹤一年，
看似凡事都漫不經心，
其實有不為人知的身分……？

程雋

身高：大約185公分
京城名家程家的三少爺。
智商過人，十六歲開始創業，
十七歲研究機器人，十八歲時去當小民警，
二十一歲當主刀醫生。

陸照影
身高：大約180公分
京城名家陸家的少爺，
時時跟在程雋身旁，是程雋的左右手。
將秦苒歸類為自己人。

秦語

19歲，身高大約167公分。
秦苒的妹妹。
父母離異後跟著媽媽寧晴到林家，
從小學習小提琴，學業成績優秀。

Contents

Kneel for your queen

第一章　對，我就是Q

美洲，馬修大樓——

馬修隨手刷卡進去，他的目光在秦苒跟程溫如之間徘徊，在秦苒身上稍微頓了一下。

馬修一身氣勢確實很強，程溫如一直很淡定的心現在也有些動搖。

馬修看出了程溫如的怯意，最後略微歪過頭，指著秦苒：「把她先帶出去。」

這是要單獨訊問程溫如的意思。

秦苒坐在椅子上，手上加快動作，把一局遊戲打完，才隨手把手機放到審訊桌上，隨意往椅背上一靠，抬眸看著馬修。

「等等，我們先聊。」

程溫如手抓著秦苒的手臂，「不……」

「你先帶她出去。」秦苒雙手環胸，用下巴指向程溫如的方向。

馬修瞇眼看著秦苒，這是顧西遲要保的人。

思忖了幾秒鐘之後，他才示意手下把程溫如帶出去。

「喀嚓」一聲，門被關上。

第一章　對，我就是Q

馬修坐到秦苒對面，一手拿著秦苒的資料，他隨意地看了看，就把資料隨手放到一邊，開門見山。

「妳想跟我聊顧西遲的事？只要妳交代巨鱷的事，我就放了妳。」

能在這麼短的時間內連絡到顧西遲，馬修知道秦苒跟顧西遲一定很熟，還很熟悉美洲的局勢。

「不聊顧西遲，聊聊你。」秦苒隨意地笑了笑。

馬修一手放在桌子上，一手握著扶手，輪廓分外分明，眉頭一挑：「妳說。」

秦苒看了他半晌，「你是不是刮了鬍子？」

馬修：「……是。」

秦苒點點頭，那應該是馬修本人，「把監聽器關了。」

馬修眯著眼看了她半晌，還是關了監聽器。

「四年前，你跟你的手下在非洲被地下聯盟殺手追殺，是顧西遲救了你，後續兩百名難民成功逃出。」看他關了監聽器，秦苒才往前傾身，手指撐著下巴，不緊不慢地開口：「有沒有想過是誰透漏出去的消息？」

聽到這一句，馬修握著扶手的手一緊，猛地抬頭。

秦苒手指依舊撐著下巴，指尖是冷白色，臉上的笑容看不到任何銳意跟危險氣息。

「是妳……」

馬修看著秦苒的臉，深色的眼瞳閃過顯而易見的驚色。

「我知道你在找巨鱷的消息，但他現在具體在哪裡，我跟程姊姊不知道。」秦苒直接打斷了他。

她沒說謊，也猜不到巨鱷會去哪裡，巨鱷能混到現在這個地位，肯定有自己的神祕跟厲害之處。

「至於程姊姊，這是因為她在一二九下單，被巨鱷接到了。你想抓巨鱷也不實際，除非你想公開跟他槓上，但是我勸你不要。想想看，你今天接到巨鱷的消息，是不是有些詭異？」

秦苒收起笑臉看著馬修，扶著椅子站起來。

「現在我們可以走了嗎？」

馬修看了秦苒半晌，終於點頭。

他深深地看了秦苒一眼，打開監聽器：「開門，放她們出去。」

手下開了門，秦苒率先走出去。

程溫如被人從隔壁帶出來，連忙走到秦苒身邊，將秦苒從上往下看了一遍。

「苒苒，妳沒事吧？」

「沒事。」

秦苒心情似乎很不錯，她把手機塞到口袋裡，看了程溫如一眼，笑著說：「程姊姊，我們回去吧。」

「苒苒，妳是怎麼說服他們的？」直到坐上車子，程溫如才敢相信馬修是真的放過她們了，「他們剛剛那樣子顯然不是什麼好人。」

秦苒挑了挑眉，面不改色地開口：「抓錯人了。」

「抓錯人了？」

程溫如抬眸，她是有點不信。

但……

秦苒的表情十分真誠，程溫如也就相信了。

＊

與此同時，程雋臨時住所——

程水、程火一行人都在一樓開會，一樓的氣氛很沉重。

程雋垂著眼眸，身上一股低氣壓。郝堂主跟杜堂主一行人都在，眉頭緊緊擰著。

「馬修會抓人，肯定是查到了程小姐跟秦小姐的身分，不會善罷甘休……」

馬修找程雋這邊的漏洞也不是一天兩天的事了。

程火跟程木都沒坐下，垂著腦袋十分自責。

程火先開口。

「肯定是我技術不精，被馬修發現，連累了她們。」

程水也要背鍋，「是我先向秦小姐推薦了那間咖啡館。老大，我去連絡馬修，停機坪那邊……」

程雋直接站起來，一雙眸子看向門外，唇角抿著，表情越發清冷。

「不用，你們待著，我去找馬修。」

表情越冷，聲音越平淡。

他拿著車鑰匙剛要出門，在大門四五步遠的地方，他腳步一頓，抬眸看向門外。

程火跟程水等人詫異地順著他的目光看過去。

大概幾秒鐘後，程木眼前一亮：「秦小姐跟大小姐回來了！」

他話音剛落沒幾秒，大門就被人隨手推開，秦苒跟程溫如有說有笑地走進來。

秦苒一手插在口袋裡，看著一行人，挑眉：「都站在這裡幹嘛？」

「不是？」程火性急，走過來不可思議地開口：「秦小姐，妳們沒事？」

「我們能有什麼事？」秦苒伸手整了整衣袖，反問。

「妳們不是被馬修抓走了？」程水也走過來。

根據他們的線人報告，確實沒錯。

程溫如此刻也已經淡定下來，她點頭。

「是馬修的手下抓錯了，剛剛在車上，他們還向我們道歉了。」

程木、程火一行人面面相覷。

道歉？這是馬修會幹的事？

秦苒沒加入，只是站在程雋對面，看向他時不由自主地偏過理直氣壯的臉，咳了一聲才開口。

「上去聊聊？」

程雋本來在思索其他問題，因為秦苒之前的事情，他有些亂了心神，以往的運籌帷幄毫無用武之地，不過顧西遲已經跟他說過，秦苒跟程溫如不會有事了。

他還在調整心態，沒想到秦苒倒是先理不直氣不壯。

程雋挑了挑眉，不動聲色地開口：「妳上來。」

他側身讓秦苒先上樓。

秦苒一邊往書房走，一邊思索著。

她走到書房裡，程雋在後面關上書房的門。

秦苒看著他，乾脆俐落地開口：「我今天是去見巨鱷的。」

程雋一頓，面無表情地看著秦苒。

開了頭，接下來就容易了，秦苒破罐子破摔，也面無表情地說：

「實際上，上次程土跟巨鱷的事情，也是我背後在幫巨鱷，喔，你們說的馬修背後那個駭客也是我。昨天晚上查到程火阻撓了馬修，我就駭了程火。」

秦苒抬頭望著天花板，她有些說不下去了，「但我跟馬修不算熟。」

說到這裡，秦苒頓了頓，才看向程雋：「他兩年半前算是救過我一命……」

程雋現在還沒仔細整理好這件事。

秦苒也猜到程雋可能是因為程溫如說的事，還沒冷靜下來，等他冷靜下來，就能整理出事情的脈絡。

當初他在資訊那麼少的情況下，就能猜出她是幫顧西遲的人，現在資訊那麼多，他要猜到這些很容易。

不過秦苒現在還在想其他事，要怎麼敷衍他過去兩年半的事情。

她微微擰著眉，聽顧西遲的描述，兩年半前好像還挺慘的。

秦苒嘆氣。

所以說，一坦白就有很多事情解釋不清，她好不容易才能退出，根本不想再跟過去有任何牽扯。

她之前連顧西遲都沒有透漏。

然而……她沒有想到程雋閉口不談兩年半前的事情，更沒有想到她的好兄弟、生死之交的顧兄弟，早在一年前就因為一點錢，把她出賣得乾乾淨淨，還不敢跟她說。

程雋拉出一張椅子，讓秦苒先坐下，才抬起頭來看著她。

「馬修背後的駭客曾經介入駭客聯盟，揪出一個人，我雖然不了解駭客界，但……能自由出入駭客聯盟的人，妳難道是駭客聯盟會長？」

「不是。」秦苒現在理直氣壯了，她抬頭看向程雋，雙手環胸，「你們不是早就猜到了？」

她這個態度……

程雋想起來了，程火一直認定馬修背後的那個駭客是Q。

其他人就算了，但是Q……

程雋一直很淡定，基本上什麼事都勝券在握，秦苒無論說出什麼，大概都不能震驚到他，但現在他終於有些忍不住了。

他知道秦苒的駭客技術十分優秀，但他從來沒有把秦苒跟Q聯想在一起過。主要是因為駭客聯盟的會長說過，那個Q的能力跟他差不多，駭客聯盟會長在國際成名幾十年，六十五歲。

Q能跟駭客聯盟會長齊名，就算是程雋對秦苒有濾鏡也不認為會是如此，Q都能當會長的孫女了。

程雋低頭看了秦苒好一會兒，才忍不住搖頭，一雙又黑又深的眸子裡閃著細碎的笑意。

「妳知道駭客聯盟會長一直在找妳嗎？」

秦苒沒有回答，她只是雙手環胸，抬了抬頭，挑眉。

「你跟駭客聯盟會長認識吧？」

之前在雲城的時候，秦苒就問過錢隊身邊的技術人員，當初程雋會猜到她是個挺厲害的駭客，是因為認出了技術人員手裡的那支手機，但技術人員表示只見過駭客聯盟會長一面。

秦苒那時候就懷疑，程雋是技術人員口中的駭客聯盟會長的朋友，但找不到證據。眼下聽著程雋的話，秦苒終於確定了這個想法。

程雋就是當時駭客聯盟會長邀請的朋友。

這件事要推論起來也不算複雜，程雋跟會長都在美洲。整個美洲，論財力，還沒人能比上程雋。

「還可以吧，」程雋微微靠坐著書桌，收起臉上的震驚，深色的眼睫垂下：「我之前出資幫過他一次。」

他還想說什麼，口袋裡的手機響了一聲。

低頭一看，是一個偽裝成代碼的號碼。程雋瞇了瞇眼，沒立刻接起，還在思索秦苒跟駭客這件事。

坦白得差不多了，秦苒也覺得自己需要冷靜一下。

她站起來，伸手點了點他的手機。

「你接吧，我下去找程木他們。」

說著，秦苒就轉身離開。

還沒走兩步，手腕就被程雋抓住，程雋伸手一帶，直接把人拉過來，伸手攬上她的腰，懶洋洋地低了頭。

「妳說完了嗎?就打算這樣走掉？」

剛說完，剛停下的手機又響了起來。

「你接吧，我先下去。」

秦苒往後退了一步，她清了清嗓子，伸手指著程雋的手機，打開書房的門離開。

門被關上，程雋依舊半坐在書桌上，隨意地看了眼手機，直接滑開接起。聲音略顯漫不經心，目光一直注視著書房門的方向。

「唐老，你找我？」

打電話給他的，正是唐老先生——駭客聯盟會長。

『你之前跟我說你一直在京城吧？』唐老先生笑了一下，他身材精瘦，聲音卻極其宏亮，『我也剛好在京城，什麼時候我們見一面？我們也兩年多沒見了。』

程雋看著收回目光，站直身，「唐老，真不巧，我正在美洲，可能要過幾天才回去，暫時沒有機會。」

手機那頭的唐老先生一笑，『那沒事，我會在京城多待一段時間，可能還會在這裡過年，肯定能等到你回來。』

「您最近不是急著找接管駭客聯盟的人？」程雋也往門外走，挑了挑眉，「這麼悠閒地出來玩？」

程雋睫毛垂下，微微思索著，駭客聯盟的人去京城，這件事他倒是想不出理由。

『這件事先不急，我找到我妹妹的後代了，他們就在京城，我現在正在等我妹妹的兒子。』

唐老先生看著包廂門外，目光如炬，就算已經刻意壓低聲音，也隱藏不了喜悅：『先打個電話給你報個喜，萬一我妹妹的後代有個天賦出眾，能接管聯盟的，那我就不用煩惱了。』

當然，唐老先生也不是真的這麼想。

他打電話給程雋，重點不是要見面，主要還是為了炫耀，因為高興，想找個朋友出來喝一杯。

妹妹的後代他基本上都看過，除了那個跟他妹妹兒子劃清界限的女兒，其他人的照片跟影片他都反覆看過了，在駭客界沒聽過他們的名字。

程雋對他們的家事並不感興趣，聞言只隨意地「嗯」了一聲。

「等我過段時間回來再聊。」程雋手放在門上，直接拉開門出去。

唐均看了看時間，他妹妹的兒子快到了，也俐落地掛斷了電話。

身旁站著手下。

他剛把黑色的手機放到桌子上，包廂大門就被打開了。

門外，陸夫人、秦漢秋跟秦管家等一行人進來。

「秦先生，這邊請。」陸夫人站在門口，讓秦漢秋先進來。

秦漢秋跟秦管家走進裡面，自從秦陵出事以後，秦漢秋也開始意識到身處於這個風暴中心，他也不能再渾渾噩噩下去，把所有事情都交給秦陵。

若當時他更有所警覺，陪秦陵一起出去，也許秦陵就不會出事。

「唐老先生。」

在來的路上，陸夫人就跟秦漢秋稍微介紹過唐均，秦漢秋微微彎腰。

他面容沉靜，最近在跟秦管家學管理制度，放下了平時瑣碎的雜務。秦漢秋學習的速度也超出了秦管家的想像。

唐均連忙站起來，他手撐著桌子，失去了之前打電話給程雋時壓抑的鎮定，只看著秦漢秋，眼眶忍不住發紅。

「好……很好……這就是你媽媽。」

唐均從上衣內袋裡拿出一張保存完好的照片，低頭看了半晌之後，才遞給秦漢秋，「她十分聰明，也……」

說到一半，唐均就有些說不下去了。

兩個人是第一次見面，但血緣關係是割捨不了的，秦漢秋還是第一次受到長輩關懷，有些不習慣。

唐均拿出了照片，他低下頭去看。

「我終於有臉去地下見我唐家祖先了，」唐均伸手拍了拍秦漢秋的肩膀，「孩子，這麼多年，辛苦你了。你想不想跟我一起去國外生活？」

幾句話之間，兩人也沒有一開始那麼生疏了。

聽著唐均的話，秦漢秋抬頭看了唐均一眼：「國外？」

「就是美洲，那裡你應該會喜歡。」唐均笑了笑。

美洲秦漢秋不止聽過一次，秦修塵目前就在美洲拍戲，庫克老師是美洲的人。即便聽過，秦漢秋對美洲也不算了解，疑惑居多。

秦管家也震驚地看了唐均一眼。

他沒想到老夫人的來歷也不平凡，根本就不是老爺在網路上認識的普通網友。

「就是我生活的地方。」

兩人坐到飯桌旁。唐均頷首，十分有耐心地回答：

「放心，你在那裡一定不會有人敢欺負你。」

去美洲生活？

秦漢秋想也沒想地拒絕了，「我女兒跟兒子更喜歡國內一點。」

雖然早料到了秦漢秋不會跟他一起去美洲，唐均還是十分失望，他拿著茶杯，現在情緒平靜下來，才看向秦漢秋。

「那有機會帶著我那兩個姪孫去美洲住一段時間？」

唐均的眼眸裡帶著懇切，秦漢秋不忍心拒絕，遲疑了一下才點頭。

唐均笑了一下，高興起來。

「我怎麼沒有看到兩個姪孫？」

「小陵剛出院，等他過段時間好了，我再帶他來拜訪您。」秦漢秋神情嚴肅地回，「苒苒……她去國外了，她很忙，有很多研究要做……等她回來，我再跟她說這件事。」

主要是秦漢秋不確定秦苒願不願意見唐均，她一向很有自己的主張，秦漢秋不敢擅自替她做決定。

唐均當然知道秦苒很忙，不僅很忙，還很奇怪地查不到什麼資訊，不過唐均沒有說那麼多。

兩人聊了半個下午，這半個下午都是唐均在跟秦漢秋說秦老夫人以前的事，直到四點鐘，兩方人馬才分別。

唐均回到臨時住所，一直跟在身旁的中年男人才開口。

「會長，少爺、小姐還有您欽點的幾個人都已經到美洲了，您看是不是要開始了？」

中年男人在說駭客聯盟的事。

駭客聯盟，論正規，不像馬斯家族那樣形成了完整的家族體系，但也是制度十分森嚴的組織。

裡面的成員都是駭客界的領軍人物，想要找一個人好好接管駭客聯盟，還要必須被老部下承認，有點難度。

唐均的家人除了髮妻跟陸知行以外，都不知道他的身分。

陸知行對電腦有很強的天賦，但很可惜，他是世界級的頂尖工程師，專心開發各種程式，卻不適合聯盟會長這個位置。

所以唐均才廣撒網，從後輩中挑了一些天賦還不錯的人回來培養。

「老李，」唐均拿著坐到沙發上，沒有回答中年男人的問題，只是抬頭看了他一眼，「你說，漢秋這孩子怎麼樣？」

聞言，中年男人低頭，不好評價。

唐均看了他一眼，微微嘆息：「我知道了。」

「會長，您一開口就說您是美洲的……」

老李想了想秦管家當時的表情，略微擰眉。

唐均擺擺手，只是站起來，手揹在身後往房間走，「無妨，都是一家人，我的姪子要是真有事求我，求之不得。我過段時間見完我的姪孫再回美洲。」

他上樓之後，老李思忖一下就知道了唐均的意思，拿出手機，回了一通電話給美洲。

「會長還要見姪孫。」

美洲，接到老李電話的一行手下們面面相覷：「那培養的事情暫且放下，會長要等他的姪孫。」

「這姪孫有那麼重要嗎？」有人挑眉。

竟然把這麼重要的事情都放到一邊了。

*

程溫如還在樓下，手上拿著杯溫水，她才剛來美洲，雖然今天有驚無險，她還是被嚇得不輕。

畢竟……對方是馬修啊……

她正想著，口袋裡的手裡震了一下。

程溫如拿起來一看，精神一振，正是一二九的回覆。

「應該是巨鱷大神那邊有回覆了。」

程溫如點開來，上上下下掃了眼訊息。

程火聞言，立刻看過去，磨著牙說：「巨鱷？」

程水倒是挺淡定，他跟巨鱷沒什麼交集，本來就沒有多想。直到聽到程溫如提起「巨鱷」，他略微頓了一下。

作為莊園的大管家，莊園裡大部分的消息都會經過他這裡，自然也知道霍爾報告的巨鱷消息……甚至連陷害馬修的事情也知情。

之前他思緒混亂，現在再思索，卻覺得一切有些匪夷所思。

巨鱷剛到美洲，秦苒就要去見朋友？

據程水所知，秦苒在美洲沒朋友，一個陸知行、一個顧西遲都在京城。按道理來說馬修今天可能會對巨鱷動手，最重要的是，程溫如說巨鱷會接她的單，秦苒功不可沒。

程水眉心跳了跳，忽然看向程溫如，開口：

「大小姐，您能跟我說說今天在馬修大樓的情況嗎？」

程溫如把杯子放下，把在馬修大樓發生的前因後果都跟程水說了一遍。

程水聽到馬修是審訊秦苒之後才知道抓錯了人，還立刻把她們放出來……

聽程溫如形容，馬修手下後來還向她們道了歉，十分有禮貌。

這他媽會是馬修的人嗎？美洲勢力這麼多，馬修作為一個國際刑警還能遊刃有餘，他跟他的手下也不是什麼普通人。

程水看了眼樓上，心裡大概有了些猜想。

「嗯？」

程溫如一邊解釋一邊看手機，點開一二九ＡＰＰ的通知中心，忽然一愣，隨即驚喜地開口，「明天大堂主他們就能回來了！」

「明天？」

程雋從樓上下來，表情不算太意外。

他看了程溫如一眼，表情淡淡的，「那見到大堂主等人後，後天回去。」

一點也不意外的樣子。

程溫如拿著手機，還有點跟不上狀況。聽程老爺等人形容，她本來以為這次來美洲會有一場腥風血雨，誰知道什麼都還沒發生，大堂主跟二堂主等人就出來了。

程溫如連巨鱷本人也沒見到。

「你會回去嗎？」程溫如看向程雋。

「會。」程雋懶洋洋地走到桌子旁，慢條斯理地幫自己倒了一杯水，「票我會叫程水買好。」

程溫如沒什麼意見，「那大堂主、二堂主他們……」

程雋拿著杯子，低頭抿了一口，再抬頭，面無表情地看著程溫如：「妳還要教他們怎麼做生意？放心，經過這件事，他們自然明白了美洲的規則。」

他說完，又重新拿了一個杯子，倒了杯水走到樓上。

程溫如在樓下看著程雋的背影，略顯疑惑。

程雋的表現有點奇怪，沒有驚喜，還挺冷淡的。

她思索著，也上樓洗澡。

程水這才收回目光，他看向程火跟程木：「秦小姐以前是不是在美洲待過？我覺得她對這邊情勢很熟悉。」

程木沒說話，低著頭。

程火搖頭，篤定地開口：「不會，如果是那樣，我不會沒聽過她。」

「是嗎……？」

程水站在原地思忖了一會兒，沒再說什麼。

只是拿著車鑰匙出門，去解決明天大堂主跟二堂主等人的事。

＊

翌日中午，大堂主跟二堂主等人被放出來。

程溫如去見他們，在馬修大樓面前，他們也沒聊幾句話。

美洲的事情，程溫如沒辦法說什麼，她知道的消息比幾位堂主還少，簡短地了解過情況就坐著程木的車子回來了。

程木開的依舊是那輛黑色轎車，後照鏡旁邊插了一面黑色的旗子。

幾位堂主站在路口目送程溫如離開，等看不到車之後，一行人才劫後餘生似的鬆了一口氣。

「沒想到還能出來……」

「找個地方休息一下，各位以後行事不能太衝動。」

「……」

其中一位記性好的管事看著車離開的方向，他遲疑著開口。

「大堂主、二堂主，你們有沒有覺得剛剛程木先生那輛車上的旗子有點熟悉……」

「旗子？」大堂主有點大剌剌的，「什麼旗子？」

二堂主神色嚴肅，「我記得美洲有些勢力會掛旗子，你形容一下，剛剛看到的是什麼樣的旗子？」

黑色的旗子，很小，根本不起眼，除了這個管事，沒有其他人看到。

管事瞇起眼：「黑色的……好像有紅色的記號……」

「看錯了吧。」大堂主直接擺手。

管事把這件事記在心裡。

大堂主跟二堂主他們這一行人這一次主要是探路跟收集消息，出來後只要不惹事，至少能保證人身安全，這次又有程水暗中看著，不會出什麼大事。

第二天上午十點，程雋、秦苒、程溫如還有程木一行人抵達京城機場，準備再度飛回京城。

秦苒穿了件黑色的羽絨衣，袖口有紅色的彼岸花紋，是程水替她準備的。

她一下飛機，就戴上兜帽，低著頭，只露出精緻的下頜。

程雋落後一步走在她後面，手裡隨意拉著黑色的行李箱。

秦苒拿出手機，先打電話給秦漢秋。

『我還擔心妳過年回不來……』

秦漢秋非常高興，說了一堆話，最後有些吞吞吐吐。

秦苒伸手把帽檐往下拉了拉，「你說。」

『就……是妳舅公，他想見見妳跟小陵，妳要見一見妳舅公嗎？』

秦苒將手機放在耳邊，懶洋洋地打了個哈欠。

這兩天趕路又在忙專案，秦苒的精神跟狀態都不太好，聽秦漢秋說完，她頓了幾秒鐘才反應到秦漢秋說的是那個找上他的舅公。

「不了。」秦苒另一隻手插在羽絨衣的大口袋裡，聲音有些含糊：「你們去見他吧。」
她對那個舅公不感興趣，現在一心只想著研究專案。
『喔。』
手機那一頭的秦漢秋也不失望，他磨磨蹭蹭地看了身邊的秦管家半晌，才狠下心，『苒苒，過年妳會回來嗎？妳叔叔他過年不一定能趕回來……』
「過年？」秦苒挑了挑眉，「我看情況。」
兩人掛斷電話。
程雋看了她一眼，換一隻手拿行李箱，伸手懶洋洋地攬住她的肩膀，低頭隨意地問著，「叔叔啊？」
「嗯，叫我過年去那邊。」秦苒隨口回了一句。
倒沒想到過年這件事，而是想著過年時，實驗資料能做到哪一步。
「妳是不是很少跟叔叔過年？那就去吧。」程雋含笑，十分有原則地開口：「我跟妳一起去。」
聽到這裡，秦苒才抬頭看了程雋一眼，「你不回去？」
她說的是程家。
「妳想回去？」程雋努力思考了一下，皺起眉：「那我也可以陪妳回去。」

秦苒面無表情地瞥他一眼，提醒：「哥，那是你家。」

＊

秦漢秋得到秦苒的答案，也絲毫不意外，他拿著手機，馬上就跟唐均說了這件事。

相較於秦漢秋，唐均有點失望。

「沒事的。」秦漢秋很有經驗，他安慰著唐均，「舅舅，她總會見你的。」

秦漢秋了解秦苒的性格，她只是看上去很冷淡，但別人對她的好，她總是記得很清楚，唐均對他們是真關懷還是假關懷，秦漢秋自然也能感覺到，以後總有見面的機會。

唐均點點頭，他從秦漢秋嘴裡也聽說了秦苒跟秦陵的成長歷程，重新打起精神來。

『沒事，能見到小姪孫我也算圓了心願。你考慮看看……過年的時候，能帶著小姪孫他們來舅舅家玩嗎？』

秦漢秋想了想，秦陵恢復得很快，到時候要出遠門應該沒問題。

今年過年的時間比較晚，二月十號才是春節，秦修塵沒辦法回家過年，而秦陵本來就想去探秦修塵的班，順便去拜訪一下唐均也可以。

「好。」秦漢秋點頭。

掛斷電話之後，秦漢秋才看向身邊的阿文，「你先不要告訴我六弟，我跟小陵要給他一個驚喜。」

「過年的機票有點難買。」阿文拿出手機查了一下，然後嚴肅地抬頭看秦漢秋，「二爺，有一件事我得告訴你，美洲跟京城不一樣，很亂，你到了之後一定要告訴六爺，讓他跟劇組的人去接你……」

「這麼嚴重？那我再看看。」秦漢秋有點退縮了，又想起秦苒的事，「苒苒說她不一定會回來過年……」

相處了那麼長一段時間，阿文、秦管家這行人差不多都了解了秦苒的性格。

阿文不知道該用什麼表情看向秦漢秋，有些一言難盡地說：「二爺，您就不能讓小少爺通知他姊姊嗎？」

小少爺的傷剛好，這時候去他姊姊那裡撒嬌，多合適？大小姐她能拒絕？

他們實際上都知道，秦漢秋說話對秦苒不管用。

「啊。」秦漢秋反應過來，「我忘了。」

「走吧。」阿文正了神色，低頭看了看手腕上的手錶，「開會了。」

秦苒通過了繼承人選拔，把股份轉讓給秦修塵，秦修塵又全都給了秦陵，由監護人秦漢秋管理。

百分之十八是大股權，是除了秦四爺之外的第二大股東，當然要參加股東會議。

這半個月來，秦漢秋已經對秦家總部有了大概的了解，秦四爺想要找他麻煩都沒辦法，而秦苒只當個甩手掌櫃，這件事秦四爺也差不多明白了。

他之前沒有預料到會有秦苒，現在有了具體了解，理所當然地開始計劃應對之策。

百分之十八對他來說不亞於剔骨之痛。

秦四爺眸光晦澀地看著秦漢秋，拿出手機。

＊

因為美洲跟京城的時差，秦苒等人回來時，京城時間也才上午十點。

秦苒也沒回去休息，直奔京大實驗室，這兩天她跟葉學長等人都是線上交流，也累積了不少問題。

葉學長在實驗室最裡面，正在低頭檢查結果。

左丘容站在他身邊。

實驗室裡有幾個研究院的大人物，兩人都不敢隨意說話。

「你們實驗室的秦苒還沒回來？」

路院士詢問廖院士，方院長也站在兩人身邊。
廖院士看了眼手機，擰眉，沒回答，只是看向葉學長。
葉學長立刻開口：「小學妹一直都在跟我討論實驗上的問題。」
做研究的人，要能忍受枯燥的過程，像廖院士這種人，恨不得一天二十四小時都在實驗室。
路院士等人看起來都有收徒的意思，秦苒這次說要出去玩，一走就差不多是一個星期，在他們眼中大概會被認為定性很差，葉學長想努力挽回。
路院士那一行人微微頷首，沒有再說什麼。
一行人出去，廖院士送他們離開。
還沒過一分鐘，秦苒就換上實驗服走進門。
她表情有些冷淡地走到最裡面。
「小學妹，妳回來了？方院長他們剛走！」
葉學長連忙看向走廊外，已經看不到他們的人影了。
「妳出國玩的時間真不巧。」左丘容抬頭，她看著秦苒，抿著嘴角，「我看方院長有收妳為徒的意思，沒想到妳出國了，真是可惜。」
葉學長走過來，手上拿著器材，看了她一眼，「小學妹有老師了。」

左丘容笑吟吟的，「小學妹，妳有老師了，是誰啊？廖院士嗎？」

廖院士不知道從什麼時候開始就很看好秦苒，左丘容一直都知道。

然而左丘容沒有想到，連方院長他們都很看好秦苒……

有秦苒在，左丘容知道廖院士根本不會收自己做徒弟，但是比起方院長，左丘容覺得廖院士收秦苒做關門弟子，她也不是不能接受。

「不是。」秦苒在想著方震博的事情，沒什麼心情理會左丘容，隨意應了一聲，直接看向葉學長，「葉學長，你的研究結果呢？」

兩人直接去葉學長的試驗臺。

葉學長知道秦苒已經有老師了，也替方院長那行人感到惋惜。只是提起正事，他很快就忘記了這件事。

「這是γ射線穿透率……」葉學長拿起自己試驗臺上的文件，兩人詳細說著。

半個小時後，廖院士回來。

他沒有先去看自己的實驗進度，而是站在葉學長跟秦苒身側聽了一會兒。

這兩人沉浸在研究中，都沒有發現到廖院士，直到他們討論完。

「廖院士？」

秦苒拿著手機，把一份報告傳給徐校長才看到廖院士，她往旁邊退了一步。

廖院士本就有些孤僻，臉上向來沒有多餘的表情。秦苒參加國際賽的事情他知道，但從來沒有了解過內容。

今天聽到兩人的討論內容，他十分驚訝。

「沒事，你們繼續。」

廖院士擺擺手，示意他們繼續，他回到自己的實驗臺旁。

站了半晌，他抬頭看向秦苒，本來他今年不打算看ＩＣＮＥ國際賽，但今天聽了秦苒跟葉學長兩人的討論，他想了想，還是坐在電腦面前，傳訊息給專案負責人，詢問國際賽的入場票。

這種科研型的專案，除了各大記者跟做研究的人，普通觀眾基本上很少會去觀看，但依舊一票難求。因為這些票基本上都被國際排名前十的學校壟斷，這些學校會派校內的資優生去觀賽。

不過憑廖院士的身分，要找熟人拿一張票並不難。

＊

距離比賽越來越近，接下來的時間秦苒基本上都在實驗室。

二月十號，又是新的一年。

雖然是新年，但是太接近比賽日期，秦苒跟葉學長等人都沒有放假。

京大在放假期間沒什麼人。京城的市中心在三天年假中，在規定時間內能夠燃放爆竹，因此下午四點開始，爆竹聲此消彼長，各大古街都掛上紅燈籠，大街小巷能看到有人在舞獅。

今天路上的車不多，基本上都是人。

下午四點半，程雋把車停在物理實驗室大門邊，相較於其他地方，物理實驗室冷清許多。

他下車，一邊看著大門的方向，一邊在車上跟程溫如講電話。

程溫如那邊很吵，她把手機放在耳邊，又用另一隻手堵住另一邊的耳朵，怕程雋聽不到，吼著嗓子問：『今天晚上真不回來？』

「嗯，要去小陵他們那裡。」

程雋垂下眼睫。

手機另一端，程溫如停在長廊角落裡，看著校場上的一堆年輕人，沉默了一下。

近十年，程雋年節時鮮少回來，不是在做任務就是趕手術。

今年他正好在京城，程溫如原本以為今年會熱鬧一點。

不遠處，校場上的一個孩子吼了一句：「時間到了，去向老爺磕頭拿紅包了！」
一行年輕人嘻嘻鬧鬧。
程家這群孩子自然不缺這點錢，但就是圖一個熱鬧，除了過年，程家很少有這麼多人回來。
程溫如記得，早上程管家還跟她說老爺準備了一個很大的紅包給秦苒……

＊

雲錦社區——
秦漢秋好幾天前就休息，開始研究菜單，今天一個下午都在廚房忙碌。
秦管家、阿文、阿海還有對面的庫克老師都在，秦管家跟阿文等人正把春聯貼在各個房門跟窗戶上。
門鈴響了一聲，秦漢秋拿著鍋鏟從廚房探出頭，咧著嘴笑。
「肯定是苒苒來了！」
秦管家連忙放下手裡的春聯去開門，臉上笑意盈盈。
「大小……」

首先映入眼簾的是一道修長挺拔的清冷身影，對方正微微歪過頭，跟身邊的女生說話，看到有人開門，他才看向門邊，馥雅出塵，微微笑了一下。

「秦管家，你好。」

秦管家把「大小姐」三個字憋回嘴裡。

他連忙往後退了一步，感覺原本寬敞的客廳有些簡陋。

「程、程少！」

心中有些恍惚，秦漢秋只說秦苒今天會來……有說程家太子也會來嗎？

程雋十分友好地對秦管家打招呼，矜貴有禮。

秦管家卻不敢受禮，他往旁邊退了幾步，本來在貼對聯的阿文跟阿海也倉皇地從椅子上跳下來，有些拘束。

正當他們手足無措的時候，秦漢秋又從廚房露出頭，看到程雋，他顯然十分高興，舉著鍋鏟。

「小程，你來得正好，過來幫幫我的忙，他們都不行！」

程雋顯然很習以為常，他伸手脫了外套，不緊不慢地捲起襯衫的袖子。

廚房跟大廳隔得不遠，秦管家還能聽到秦漢秋的聲音——

「小程，你把那個盤子端過來。」

「小程，你覺得這個配菜怎麼樣？」
「小程，你翻一下鍋……」
「……」
外面的秦管家、阿文等三人都石化了。
京城裡，除了秦漢秋，還有其他人敢這樣使喚程家太子嗎？
恐怕連程老爺都使喚不動吧？
三個人面面相覷，忽然意識到——原來在秦家，二爺他才是真正的王者！

秦陵的房門開著，他頭上戴著帽子，正坐在電腦前玩小遊戲，而庫克正看著他玩。
電腦螢幕上顯示著「通關」兩個字。
庫克坐在他身邊看著，一邊跟秦陵討論，目光隨意地看著通關字樣，正好看到頁面的右下角有一個很小的ＬＯＧＯ。
——一朵紅色的小型罌粟花。
「等等！」
庫克看著右下角那ＬＯＧＯ，瞳孔倏地放大。
他伸手壓下秦陵想要關掉通關頁面的手。

每個軟體工程師都有自己的ＬＯＧＯ，雲光財團當然也是。

庫克半個多月前就進入了雲光財團的二十八層樓，除此之外，他本身也是工程大師，當然知道圈子裡封頂的四位軟體工程師中，雲光財團就占據了兩位——陸知行跟從未露過面的poppy。

陸知行開發了雲光財團風靡全世界的搜尋引擎，至今從未有人超越。而跟開發傳統軟體的陸知行不一樣，poppy在幾人中知名度最高，因為她開發了超前二十年的人工智慧。

poppy之所以比陸知行更知名，是因為poppy的大部分程式都放在論壇裡免費提供，只是能解出對方提供的原始程式碼的人不多。

這些暫且不論，圈內的人都知道，陸知行的標誌是楓葉，poppy的標誌就是紅色罌粟花，這種罌粟花不會有人敢模仿。

所以，只要一眼，庫克就認出了秦陵電腦右下角的標誌。

「這是……你這些軟體是哪裡來的？」

這語氣……秦陵沉默了一下。

餘光看到秦苒進來，秦陵詢問似的看她一眼。因為他的目光，庫克也回過頭，一眼就看到秦苒，他頓了一下。

秦苒正懶洋洋地靠著門，手裡把玩著手機，如果有人站在她身邊，就能看到她手機上正顯示著雲光財團的論壇頁面。
她的連結建到一半，微微抬起頭看向庫克：「論壇。」
「什麼論壇？」
庫克的中文很好，他站起來。
秦苒面不改色，「你加我好友，我傳連結給你。」
庫克連忙拿出手機，打開微信。
這個時候，秦苒按了確定鍵，連結建好。
兩人加了好友，秦苒把連結傳給庫克。庫克直接點進去，一眼就看到了標紅的大字──poppy。
他兩眼一瞪：「竟然是 poppy 的帳號？P 神什麼時候創了帳號，怎麼沒人發現？」
poppy 很隱祕，大部分的消息都是雲光財團或者陸知行代發的。
第一次看到對方的私人帳號，庫克連忙點進去，什麼都顧不上了，坐在椅子上慢慢翻閱。
秦陵坐在他身邊，湊過去看了一眼，記住了網址以及 poppy 的帳號。他收回目光，拿出自己的手機，打開搜尋引擎。
秦苒走過去看了一眼。

秦陵正在搜——「poppy」。

秦苒：「……」

秦陵雖然主修軟體程式設計，但秦苒也教過他駭客技術，所以他知道怎麼過濾資訊，翻牆去查那些被阻擋的內容。

搜完，他抬頭看了眼秦苒。

秦苒仰了仰頭，一握手機，乾脆俐落地出了房門。

「我去找你程大哥。」

將近六點，程雋跟秦漢秋差不多忙完了。

秦漢秋廚房的抽油煙機不錯，屋內基本上沒什麼油煙。

秦苒就靠在廚房門邊，看著程雋伸手幫秦漢秋擺盤，居然還挺有藝術感。

「苒苒，餓了？」

秦漢秋把一盤配菜倒入鍋裡，鍋裡燃起火焰，他站到一邊，讓程雋顛鍋。

他拿起另一個鍋子，開始放調味料，並跟秦苒說：「等等，最後一道菜。」

秦漢秋放完鹽就把菜盛起來，並把手邊的兩碗菜端到外面，並囑咐秦苒跟秦管家等人：「不要進我的廚房。」

秦苒：「……」

她雙手環胸，看著程雋站在火爐前十分俐落地顛鍋，動作從容不迫，看起來有模有樣的，像是學過。

難怪秦漢秋每次都欽點他去廚房。

「你就承認吧，你去過新西方廚師學校。」

秦苒想起經常看到的廣告。

他學過那麼多亂七八糟的東西，也不是沒有可能去新西方廚師學校。

廚房裡的抽油煙機開著，聲音不小，但程雋還是能聽到秦苒的聲音。

他看了她一眼，挑眉，看起來很疑惑。

「這還需要學？」

秦苒沒有說話，面無表情地直接關上廚房門。

晚飯在七點準時開始，秦管家跟阿文三人還非常拘束。

最後看著程雋幫他們擺上秦漢秋買的精緻碗筷，三個人的拘束才終於淡了些許，秦管家張羅著把電視打開，播放跨年晚會。

窗戶關著，還能隱約聽到煙火的聲音，他們住的樓層也不低，能看到隔壁社區的花園在放煙火，熱鬧非凡。

要開飯的時候，庫克才緩慢地走出來。

他不過春節，但下午也受到氣氛感染，還幫忙貼了兩對春聯，這個時候卻有些心不在焉。

秦漢秋倒了酒，跟程雋慢慢喝著。

程雋倒了一杯，跟秦漢秋喝完，看了秦苒一眼。

秦苒沒看他，他又面不改色地倒了一杯。

庫克吃完就跟幾個人拜年，然後匆匆回到對面。

「庫克老師沒事吧？」秦管家很憂心。

「沒事。」秦陵看了眼秦苒，幽幽開口，「他找到了他偶像的帳號。」

「喔。」

秦管家點點頭，目光又轉到電視上的小品並哈哈大笑。

秦漢秋想起了什麼，又回房間拿了三個紅包出來，各給秦苒、秦陵、程雋一個。發完紅包，又繼續拿著酒杯跟程雋喝酒。

秦苒一邊跟林思然等人視訊，一邊看電視，她主要是想知道為什麼秦管家總是在大笑。

正看著，手機響了兩聲，是陸知行。

今年陸知行竟然來向自己拜年？往年怎麼沒有？

秦苒掛斷視訊，接起電話。

「陸叔叔。」

另一邊，陸知行沉默了一下，走到一個安靜的地點，然後開口：『妳做了什麼？剛剛有人打電話給我，說公司論壇癱瘓了。』

大過年的，他不想加班。

秦苒「啊」了一聲，繼續看著電視，淡定地開口：「我被迫註冊了一個帳號。」

秦苒的消息一向很隱蔽。

一是因為她當時年紀小，二是因為她本人沒什麼耐心，脾氣也不好，又急又躁，除了做開放原始碼，其他都沒耐心管，因此索性不露面，基本上就是當個甩手掌櫃。

以至於到最後，她成了雲光財團中心最神祕的人，連雲光財團的內部都沒資料。

今天過年，大部分的人都很忙，但雲光財團在國外也有不少人，他們跟庫克一樣不過年。

雲光財團總會有不過年的人去看論壇，poppy 註冊了帳號這種事，只要被一個人知道，那基本上就等同於整個工程界知道了。

一傳十，十傳百，連一些學電腦的學生們都知道了。這個被電腦系各大教授封為神的人，大部分學生都會點進連結去看一下。

雲光財團不是微博，平常沒有那麼大的人數流量，基本上只有一些員工跟圈內人會來逛一下。

但今天晚上，不只流量超出負荷，下載量也不堪重負。

因為秦苒公開了三十幾個遊戲軟體連結。

眾所周知，poppy 出品，全是精品，大部分的人都點了下載。

這就是論壇崩潰的主要原因。

聽完秦苒的解釋，陸知行也不由得仰起頭，他沉默了一下才道：『好，我知道了。』

沒辦法，其他人能教訓，公司內唯有一個秦苒，連楊殊晏都對她沒辦法。

一，因為她是公司特邀首席工程師。

二，她從來不拿工資。

就連陸知行都不知道她來公司的原因是什麼。

不能問。問的話，她就會回答她只是解開了原始程式碼，這些建模來源不是她。

陸知行掛斷電話，沒打擾其他員工過除夕夜，兢兢業業地加班維護論壇。

因為這件事，暑假之後逐漸淡出大家視野之外的 poppy 又重回所有人的視野，在論壇上的粉絲數量在一夜之間從零漲到了八千九，所向披靡地碾壓了論壇內所有人。

當然，這些粉絲跟她微博上的粉絲數量根本不能比。

秦漢秋跟程雋還在一旁喝酒。秦漢秋喝到一半，拿出手機傳了影片給秦修塵，而秦修塵也剛收工，劇組的人準備熱鬧地去飯店吃年夜飯。

秦苒跟秦陵一一跟秦修塵打完招呼後，秦漢秋遺憾地說：「本來想飛去美洲的，但阿文說買不到機票了……」

兩人說了二十分鐘，秦修塵那邊要開飯了，倆兄弟才掛斷電話。

程雋坐在一旁聽兩人說完，才抬頭看向秦漢秋。

「叔叔，你準備幾號去美洲？我們也準備去美洲。」

「你們是去那參加什麼比賽吧？」秦漢秋喝得有點多，但精神依舊很好，「我跟小陵打算過幾天就去，但是機票很難買。」

程雋看著跟秦管家並肩坐在沙發上看電視的秦苒，他晃著酒杯，往後一靠，眸子慵懶地瞇起。

「正好，他們的校隊十七號出發，機票我幫你們一起買。」

「可是票沒……」秦漢秋一愣。

程雋低眸，又喝了一口酒：「有。」

第二章　這個隊伍有點囂張

二月十七號，正月初六，京大國際賽隊伍出發。

京城跟美洲有時差，去美洲要一天的時間，後面要帶學員熟悉賽場、了解其他隊伍，最後還要花一天調整成最佳狀態。

因為過年，京大隊伍很晚出發，A大隊伍早在半個月前就去了美洲。

京大隊伍的人數也不少，領隊的兩個人正是江院長跟周博士。

ICNE國際賽對京大十分重要，大學排名會按照各項科研結果跟學術性的報告排定，其中SCI論文跟影響力大的比賽項目十分重要。

京大隊伍是這幾年來，唯一一個有資格去參加國際賽的隊伍，尤其是京大物理系，對此極其看重。

秦苒、南慧瑤、褚珩、邢開還有葉學長齊聚在一起。

經過這三個月，南慧瑤跟邢開兩人變化很大，五個人站在一起，還小聲討論著專案的問題，葉學長跟褚珩等人手上都拿著文件。

這五個人都是校隊，程雋就沒跟秦苒他們一起坐，跟秦漢秋一行人在VIP登機口先登機。

阿海跟阿文兩人先等秦漢秋一行人登機，阿文這才看向阿海，遲疑了一下。

「票不是沒了嗎？」

阿海搖頭，收回看向程雋等人的目光，轉向秦苒那邊，略顯沉默：「不知道。」

飛機是早上九點半起飛，下午四點多到達美洲停機坪。

程雋站在停機坪，看著京大的隊伍，頓了下才轉而跟上秦漢秋。

「叔叔，真的有人會來接你們？」

「你先跟苒苒他們走。」秦苒一個人跟隊，秦漢秋也不放心，催促程雋走，「小陵舅公會來接我們的。」

程雋微微頷首：「那好。」

停機坪是自己的地盤，他已經通知了霍爾好好看著秦漢秋這一行人不會出事。

程雋也不擔心，他跟秦漢秋秦陵打了個招呼，就直接朝出口走去。

秦漢秋看了看周邊的環境，跟唐均說了地點。

他沒連絡秦修塵，有唐均在，秦漢秋也很放心他跟秦陵的安全，一來是不想影響秦修塵拍戲，也想要給秦修塵一個驚喜。

唐均很快就到了，程雋剛離開不到二十分鐘，他就來了。

秦漢秋拜了年，喜氣洋洋地說：「小陵，這就是你舅公。」

秦管家跟在兩人身後，也十分恭敬地叫了聲「舅爺」。

唐均早就在影片跟照片上看過秦陵，此時看到本人更加高興，掩飾不住嘴邊的笑容。

「我還以為你們要晚幾天過來。」唐均帶著他們往停機坪外面走，神采奕奕地說：「去我們那裡住一段時間。」

秦漢秋一手牽著秦陵，想起了一件事，直接道：

「正好來看苒苒比賽。舅舅，你要去看嗎？就那什麼比賽，一票難求，不過苒苒手裡肯定還有票。」

他說著，唐均身邊的老李看了眼秦漢秋，嘴角抽了一下。

整個美洲，還有會長拿不到的票？

這兩人的眼界很高，普通的競賽都不怎麼放在心上。

唐均沒想那麼多，只詢問：「這是什麼比賽，我可以去嗎？」

「好像是什麼物理比賽。」秦漢秋拿手機傳訊息給秦苒，「我找苒苒要票，苒苒沒有，小程也肯定會有。」

唐均笑著點頭，他經歷過太多事了，美洲的普通賽事在他眼裡已不算什麼，但是去了就能看到那位很怪的姪孫女，這才是他期待的。

一分鐘後，秦漢秋拿著手機，轉身看向唐均。
「小程說有，二十號上午九點開始。」
聽到這時間，唐均身邊的老李頓了一下，而後看向唐均。
唐均站在秦漢秋身邊，表情沒什麼變化，只笑了笑：「二十號是吧？我一定會去的。」

*

秦苒跟校隊住ＩＣＮＥ主辦方安排的住所，秦管家則在距離秦苒跟秦修塵都不遠的位置訂了間飯店。
至於去唐均那裡住，秦漢秋跟秦管家都沒納入考量。秦管家一開始沒有想到唐均好像不是很普通，所以沒多加考慮。
現在……就算唐均那個身邊的老李對秦漢秋非常有禮貌，秦管家也能察覺到老李不太在意他們。似乎從第一次見面起，對方就不把京城放在心上，說起京城的勢力也非常冷淡。
一來美洲就去唐家，唐均雖然不在意，但唐家其他人也會像那個老李一樣，表面上尊敬，其實心底也很看不起吧。
秦家雖然落魄了，秦管家還是有骨氣的。

一行人在好幾小時後才到秦漢秋三人訂的飯店。

唐均看了眼飯店，倒也還滿意。

到達飯店後，時間也晚了，唐均索性在飯店套房住了一晚，因為二十號還要趕去看秦苒的比賽，唐均第二天就趕回唐家處理一些事情。

唐家的車就停在飯店樓下，直到上了車，老李才遲疑地看向唐均。

「會長，二十號是那幾個年輕人回來的時間……」

作為駭客，唐均的身分藏得很好，網路上沒有任何一張他的照片，也沒有任何他的資料，知道的人都是有合作的好友，是他主動告知的。

這幾個將回到小莊園的年輕人都是唐均想要培養的後代，事關重大。

老李沒想到兩者權衡之下，唐均竟然選了二十號去看一個跟唐家八竿子打不著的物理競賽。

「無妨。」唐均擺擺手，不以為然，「我那個姪孫女可不是想見就能見到的。」

透過短時間的接觸，唐均明裡暗裡觀察到無論是秦漢秋，還是秦管家跟秦陵，提起那個從未見過面的姪孫女，表情都不一樣。

甚至讓唐均有一種這幾個人都對秦苒唯命是從的感覺，這也是唐均堅持非要見秦苒一面的原因。

老李聽著唐均的話，似乎很堅持，就沒再多說，只是心裡有些可惜。

「關於唐小姐後代的消息，回去要不要告訴唐家其他人？」老李想起另外一件事。

當初唐家除了兩個天賦異稟的天才，唐均默默接管了駭客聯盟，他妹妹也備受族人期待，卻莫名失蹤，半點蹤跡也找不到。

時隔幾十年，才透過蛛絲馬跡找到了秦家。

老李也沒想到，當初那麼出色的唐小姐，美洲有多少青年才俊，她最後竟一聲不吭地嫁給了京城秦家，還莫名失蹤，最後跟秦家老爺莫名去世，連原因都查不出來。

現在找到了，總要回一趟唐家認祖歸宗。

「過兩天再問他們。」唐均看著窗外，思忖片刻才開口，「先讓他們慢慢接受，再問問他們。」

唐均看得出來秦漢秋不太懂美洲局勢。

*

秦苒跟南慧瑤到了美洲物理研究院安排的住宿地點，這邊是長年為研究物理專案的小隊準備的一間套房，有五個房間。

美洲物理研究院就在美洲中心，距離美洲小提琴協會也沒多遠，再隔個兩條街就是馬修大樓。

能在馬修的勢力範圍內有基地的，都是美洲不太好惹的存在，像小提琴協會背後就有馬斯家族。

而美洲物理研究院就不說了，研究的專案都非常恐怖，大人物們都會給這群研究狂人面子，畢竟大部分的熱武器還是要靠他們。

他們之所以把基地建在馬修勢力範圍內，是因為只有馬修這邊是最安全的地點，相較於其他地區，不會動不動就拔刀。

有那些大人物的支援，美洲物理研究院的錢自然多得能生火，大把地為參加物理界最頂尖的ＩＣＮＥ學生們花錢。

「你們都是第一次來美洲。」等秦苒他們放好行李，京大物理系的江院長跟周博士才把五個人召集到客廳內，嚴肅地囑咐，「關於美洲的各項規定，我已經說過一遍了，你們記性好，我就不多說了。最後再提一句，在這裡不要亂跑，物理研究院周邊已經是美洲最安全的地點，但也不要掉以輕心，否則就算是美洲物理學院的院長都不一定能保住你們。」

秦苒在思考最後一個關鍵點，不過還是堅持聽著江院長的囑咐，其他四個人則面容嚴肅。

江院長跟周博士叮囑完，匆匆去賽場開領隊會議。

物理界的最高競賽獎項，無論哪一國人都非常重視，因此有特定的流程，開幕式跟閉幕式一樣都不少，非常正規。ＩＣＮＥ的委員會跟評審團都是整個物理界挑選出來的超級大神。

「苒姊，妳聽到沒有？剛剛江院長他們說美洲研究院的院長勞恩在評審席，還有英國的那個第十六、十七、十八屆，連續三屆都拿到第一的米羅這種超級大神也在！」

這不是國內的小打小鬧，第一次跟這種殿堂級的大神同堂，邢開有些激動。

都是學物理的，來美洲的路上，江院長跟他們介紹過美洲的名人們。

米羅就是十八歲在ＩＣＮＥ比賽上一戰成名，成為歷史上最小的冠軍得主。一拿就是三年，如今也不過二十五歲，其他人在這個年紀才開始參加競賽，他已經是評審團的人了。

二月二十日，一百個專案小組來到ＩＣＮＥ規劃的場地。

競賽開始時，團隊已經提前準備好專案，決賽期間就是展示各個隊伍的研究成果。

前來觀看的觀眾們都是在規定的範圍內近距離觀看研究專案。

秦漢秋、秦陵跟秦管家三人一大早就起來了，打了電話給唐均。

八點半，唐均把加長型禮車停在飯店樓下。

老李坐在駕駛座上，他打開車門，看著秦漢秋匆匆忙忙的樣子，不由得笑了下。

「二爺，您不用這麼著急，時間不晚。」

等三個人坐好，老李才看向後照鏡，發動車子。

「比賽地點在哪裡？」

雖然前兩天就說了要去看唐均那位姪孫女的競賽，但老李沒把這競賽放在心上，自然也沒問那究竟是什麼競賽，辦在哪個地方。

「稍等。」

秦漢秋拿出手機，點開程雋的大頭貼，找出他傳的訊息，確認無誤之後，把地址告訴老李。

地址很簡單，就在美洲物理研究院，馬修的地盤。

秦漢秋等人對美洲勢力不了解，但老李跟唐均清楚得很。

聽到這個地址，老李放在方向盤上的手頓了一下，他原本以為只是普通奧林匹克競賽這類型的比賽，那些大部分都靠近邊緣地區，沒想到這地址跟跟馬修大樓距離那麼近。

「二爺？你確定是這個地方？」

老李看向後照鏡，終於有些疑惑跟好奇了，不僅是他，連唐均也有些好奇。

秦漢秋再度看了眼地址，點頭：「沒錯。」

老李沒再多說，不到十分鐘就抵達了這個地點。

唐均等人都不研究物理，不知道高樓中央的「ICNE」四個大字是什麼意思，但這四個字對面的物理研究院他們認識。

「竟然是物理研究院舉辦的競賽……」

老李心中微微訝異。

他隨著秦漢秋一行人身後進去。

因為門票稀少，來觀賽的都是各大院校的學生，基本上都穿著制服，隨便遇到一個都是學校在世界名列前矛的大學生。簡直是遍地高材生。

老李走在這些高材生們中間……竟然感到有一點壓力。

九點，一百個隊伍準備就緒。

各國領隊退場，委員會跟評審團一一觀看每個隊伍的專案展示跟主要內容——國防救援、智慧製造以及核反應射線的運用。

這個主題是去年物理界一行研究者敲定的題目，十分困難。

委員會跟評審團看完第一組，往下一組，一邊走一邊看這次的名單。

勞恩跟米羅兩人也在其中。

幾乎五百個人，勞恩隨意翻著參賽人選名單，跟其他人不同，他並沒有看研究專案內容，而是看參賽者的年紀。

基本上都是二十六到三十一歲的研究博士生。

他一目十行，很快就掃過，直到翻到倒數第二頁，剛要翻到下一頁的時候，他不知道看到了什麼，手頓了一下。

這一隊……有點囂張。

也是五個人，其他沒什麼，囂張的是年紀！

三個十九歲、一個二十歲、一個二十七歲，除了最後一個，前面都不正常！

勞恩頓了一下。

能報名參加ＩＣＮＥ比賽的，基本上都是有實力的，他把目光移到後面的資料上。

「華國京大的隊伍？」勞恩看著這五個人名，稍微頓了一下，「之前預選賽的時候怎麼沒聽過？米羅，你看看這一隊，比你當初的隊伍囂張多了。」

勞恩把手中的名單拿給米羅看。

米羅雖然是十八歲參加競賽，但是他的四個隊友都很正常，都是第一的種子選手，當然米羅也不比他們差。

現在這隊伍有四個人跟米羅當時的年紀差不多，唯一一個正常的，勞恩也很陌生。

米羅面容嚴肅，聞言，他湊過來看了眼，奇葩的組合倒沒引起他的注意。以前也不是沒有想要複製米羅成功的，但很少人十八歲能達到那種程度。
最後要看的還是專案拿到的名次。
在京大江院長他們眼裡，前三十名就算是不得了的成就了，但在米羅跟勞恩眼裡，除了前三，其他都不行。
米羅隨意地看了眼，剛要移開目光，一眼就瞥到了秦苒的名字。
他拿著筆的手一頓。
「怎麼了？」勞恩很疑惑米羅的反應，「這隊伍可以期待一下？」
米羅抿唇，指尖點著秦苒的名字，又翻了下資料。
「這就是前陣子，做出百分之五十以上能量轉換的人。」
當時的ＳＣＩ論文直接交給了美洲物理研究院確認，做出這個反應資料的時候，那個實驗室的研究員都被震驚了。
勞恩也想起這件事，愣了一下，然後點頭。
「那可以特別關注一下，不過……她的隊友選得不好，有點拖後腿，京大的人選怎麼會這樣安排？」
他翻了下其他四個人的履歷，除了那個二十七歲的勉強可以，其他三個人就是徹頭徹尾的新人，連像樣的ＳＣＩ論文都沒有。

米羅皺起眉頭，也感到遺憾。除了本身實力，選一個好隊友也很重要，但京大那邊怎麼回事？竟然為這個人選了三個扯後腿的隊友。

他抿唇，「可惜……」

「怪不得之前沒聽過這一隊，原來是隊員安排不合理，今天只有八個小時……」勞恩沉默了一下又開口，「我們先去看實力能進前十的隊伍。」

物理研究嚴謹，一百個隊伍都要經過每一個委員會成員跟評審小組評定，這個過程需要好幾天，今天是第一天展覽，五位隊員全部在場，大部分的委員會成員會選重要的隊伍去現場看。

一開始就被評審圍觀的選手就是種子隊。

每次物理ＩＣＮＥ競賽都有不少業內大神來觀賽。

除了勞恩跟米羅，在場還有其他人，除了看參賽選手的國籍，其他人也看到了這一組囂張的年紀。

秦苒這一組是後來加上的名額，除了秦苒，其他四個人都名不見經傳，幾乎無人問津。各國各校領隊的人都站在展覽臺外面觀看，江院長跟周博士在這段時間去看了其他國家的隊伍。

展覽臺旁的牌子上有詳細介紹，包括五位成員的評定結果，每個人都非常優秀。

下午五點，展覽結束後江院長跟周博士在出口等著，等人潮差不多散了，秦苒他們五個人才出來。

江院長還沒問狀況如何，身旁不遠處就響起一道呼喊他的聲音，江院長偏頭一看，正是死對頭Ａ大物理學院的葛院長。

「你們京大不是沒有名額嗎？竟然還讓四個大一的來參加這競賽。」葛院長昨天開會時就看到江院長了，只是他今天才看到名單：「在這種比賽上，你們也……」

兩個學校明爭暗鬥、積怨已久，但到了這種國際上的比賽，他們就處於同一戰線。

葛院長看著秦苒五人，想了想還是沒有繼續說下去，只是用力扯了下嘴角。

「今天評審團有沒有來看你們的專案？」

褚珩搖頭，他語氣很尊敬，只是容色一如既往的高冷。

「沒有。」

「我就知道。」葛院長搖頭。

這些評審團會看一些主要隊伍，基本上最先看過的展覽隊伍都能進前二十。

江院長幾個月前就抱著秦苒她們隊伍能進前四十的想法，眼下聽到這一句，他心裡也有些失望，不過只停留一秒就消失了。畢竟這次秦苒會來參加決賽，還是她那個神祕的老師安排的，不然京大連這個機會都沒有。

秦苒看到了秦漢秋一行人在不遠處等她，她拿好外套，跟江院長一行人打了招呼就直接離開，模樣很淡定，完全沒有其他隊伍的緊張感。

「她這是要自己去哪裡？」葛院長看了江院長一眼，皺著眉說：「你在這裡也敢讓她亂跑？」

江院長想了想，「好像是去看她叔叔吧，她叔叔在美洲拍戲……」

葛院長：「……」

競賽還沒結束，妳不要太囂張！

＊

秦苒慢吞吞地走到秦漢秋身邊。

「爸。」

「小程呢？」

秦漢秋往她身後看了看，沒看到程雋。

秦苒打了個哈欠，語氣漫不經心地說：「今天有點事。」

「這樣啊。」秦漢秋點點頭，然後側身向她介紹身邊的唐均，「苒苒，這是舅公，今

「天特地來看妳的。」

秦苒收回目光，隨意看向唐均，很有禮貌地點點頭，順便打了個招呼。

「您好。」

至於舅公這稱呼，她沒叫。

她表現得有點冷淡，這一點秦漢秋也提前跟唐均說過，因此唐均也不在意，他只是在觀察秦苒，能在美洲物理研究院這邊參加競賽，這孩子果然跟陸家形容得一樣，在物理有著得天獨厚的天賦。

他早在電視節目上看過秦苒，本人比影片上更為鋒銳，不像是從鄉下來的人，實在出乎唐均的意料。

「我們先去找妳叔叔。」秦漢秋特地沒有提前去看秦修塵，這兩天去逛了下美洲，買了不少東西，就等秦苒有時間一起去找秦修塵。

「好。」秦苒穿好外套，不緊不慢地說。

一行人往外面的停車場走，剛走沒幾步，大門內忽然出現了一行人。

「秦苒同學，妳等等。」

正是勞恩跟米羅。

秦苒停下來，往回走了兩步，瞇起眼看著兩個人。

秦漢秋跟唐均一行人停在幾步遠的地方。

這兩個物理界的超級大神來找秦苒，是要詢問上次百分之五十以上轉化率的問題，不過周圍還有記者在等勞恩，他們三個人也沒聊多久。

秦苒拉了拉衣領，繼續轉身走到秦漢秋那邊。

秦漢秋看了眼勞恩兩人，自然能認出其中一個正是之前在賽場入口處被一行記者包圍的人，「剛剛那個人是誰啊？」

「美洲研究院的院長。」秦苒的語氣淡然。

秦漢秋點點頭，表示了解，身側的唐均跟老李倒是很詫異。

美洲中就那幾個勢力，除了站在金字塔頂端的馬斯家族那三個勢力之外，第二階級就是被幾大勢力罩著的研究院、家族協會等勢力。

唐均是駭客聯盟會長這件事，知道的唐家人不多。除去這一點，唐家在美洲也不過是第二階級。

老李看著秦苒，神色也漸漸嚴肅起來，略微收起對秦家後代的輕視。

「研究院院長？」秦管家一頓，「大小姐，他找您幹嘛？」

秦苒停在車邊，捏著指骨，聽到老李的話後微微轉過頭。

「找我問個實驗。」

這些物理實驗，在場沒有人懂，一行人就在路邊等老李開車。

研究院今天聚集了物理界的頂尖研究員，周邊都被清場了。不遠處，一輛警車朝這個方向開過來。

唐均正跟秦漢秋說話，看到警車，他收回目光，對秦漢秋道：「那是國際刑警的車，別看那邊，等他們先走。」

秦管家早就聽聞美洲勢力不好惹，聽說程家的人剛到美洲就失蹤了。聞言，連忙帶著秦陵往裡面走了幾步。老李顯然也看到了那輛黑色的車，把車停在最邊緣。

這種事在美洲很常見，馬修不像其他人，不會亂開戰。老李很淡定，看到秦管家帶著秦陵往後躲，他不由得收回目光，繼續看著那輛車。

沒想到……那輛車越靠近他們就開得越慢。

老李降下車窗，他看了唐均一眼，剛想說他們是不是來找您的，車子就停到了隔壁。

這是什麼情況？

老李一愣。他還沒反應過來，那臺車上就走下一個男人，身上一股喋血氣息。

唐均跟馬修沒什麼交情，只認得馬修，沒認出這是誰。不過在這邊敢掛馬修旗子的人肯定是馬修的勢力。

秦苒看了一眼，也認出這是馬修的人。

她把身後大衣的帽子戴上，遮住大半張臉，順便往秦漢秋身後走兩步。

秦漢秋人高馬大，遮住了她的身形。

「老爺，這是……」

老李也從車上下來，看著唐均，略顯遲疑。

唐均看著從車上下來的男人，精光四射的眼眸微微瞇起，搖了搖頭。

「我跟馬修沒什麼明面上的交集。」

「先生，請問您有什麼事？」

男人走近時，老李站出來，擋在秦陵跟秦管家兩人面前，略微低頭，禮貌地詢問。

這看起來不像是找會長的，找錯人了吧？

「我找個人。」男人停下腳步，直接看向秦苒。

他的目光充滿目的性，老李順著他的目光看過去，一眼就看到了站在人群中的秦苒。

老李頓了下，他收回目光，應該是自己多慮了。

這個念頭剛浮現，就聽到身邊這個年輕男人朝那個方向恭敬地開口：

「秦小姐，我有事找您。」

秦小姐……在這裡，姓秦的女性只有一個。

老李匪夷所思，有些僵硬地再度轉動脖子，看向秦苒。

秦苒還站在秦漢秋身後，低頭看著手機。

程雋說他找馬修好好聊天去了，一開始她也不覺得馬修的手下是來找自己的，上次她跟馬修說的是幾年前的事情，兩人也沒交換連絡方式，因此只是下意識地往秦漢秋那邊走了幾步，用手機詢問程雋什麼時候能結束。

聽到聲音，她抬頭，認出這是幾天前把她跟程溫如抓起來的馬修手下，會突然找上自己肯定是有事。

秦苒把打好的字傳給程雋，直接收起手機，側頭跟秦漢秋等人說了一聲，然後朝馬修手下抬抬下巴，示意他跟上。

兩人在路邊走了一分鐘，確定這個距離安全她才停下，低著嗓子詢問：

「什麼事？」

「這是老大讓我給您的資料。」男人拿出一份密封文件，遞給秦苒，「請您務必親自查看。」

秦苒伸手接過來，密封的表面上什麼都沒寫，她上下掃了一眼，想不出來馬修有什麼事情需要弄得這麼神祕。

男人只是負責送文件的，看著秦苒收下，他就直接走回了自己的車邊，路過老李一行人的時候，還跟他們打了招呼。

這地方人多，秦苒沒立刻看，只拿著文件若有所思地往回走。

老李已經打開了車門，然而這當下沒人上車也沒人說話，基本上都看向朝這邊信步走來的秦苒。

「怎麼了？」

秦苒還在想馬修的事情，一抬頭就看到這群人在看她，腳步一頓。

這行人中最單純的就是秦漢秋，他笑了笑，十分不在意地說：「苒苒，妳在這邊也有認識的人？」

「不算吧。」秦苒認真地想了想，她跟馬修所有的交集都跟顧西遲有關，「那是顧大哥的朋友。」

「原來是小顧的朋友。」秦漢秋表示理解。

唐均若有所思地點點頭，沒有說什麼。老李則拿著車鑰匙，越看秦苒越覺得怪異。

難怪會長會不惜放棄幾個年輕人，也要來見這個姪孫女……

一行人上車，老李手放在方向盤上，看向後照鏡。

「二爺，您說的那個小顧也是美洲的人？」

他有些好奇，就多問了一句。

馬修的人都是混跡美洲的，認識的人也都是道上人士。

秦漢秋對顧西遲了解得不多，他繫好安全帶。
「不知道，他是個非常厲害的醫生，現在在京城。」
上個月在醫院的時候，秦漢秋就聽到各方醫生全力誇獎顧西遲，其他事秦漢秋或許不知道，但他知道顧西遲十分有名。
老李把車開到前方路口，過了紅綠燈。聞言，只笑了笑沒說話。
秦漢秋一直在國內，老李以為他說的厲害只是在國內厲害，跟美洲交界處的醫學組織那群研究狂人沒辦法比，老李也就沒多問。
後座，秦漢秋跟唐均坐一排，秦苒、秦陵坐一排，秦管家一個人坐在秦苒那一排的後面。
現在還沒到六點，天色也不暗，距離秦修塵所在的影視基地也只要半個多小時的路程，因此車上的人都沒睡覺，唐均在跟秦漢秋聊天，詢問他有沒有時間去唐家。
「你媽媽的房間我還留著，她種的樹也還在，你有時間，就回來看看吧。」
說到這裡，唐均看向窗外，目光緬懷。
聽到自己沒有記憶的媽媽，秦漢秋的手也頓了頓。
「還有，」唐均收回緬懷的神色，他笑咪咪地看向秦苒，「我有個孫女跟妳年紀相仿，也很聰明，妳們兩個見面肯定能成為好朋友。」

秦苒在看秦陵玩遊戲，聞言朝唐均看了眼，略微點頭。

秦漢秋也跟著看向秦苒，「對啊，苒苒，舅舅那孫女聽說還是個駭客，很厲害，妳也可以跟她多聊聊天，不要一天到晚待在實驗室……」

唐均連忙開口，「我把她的連絡方式給妳！」

他覺得年輕人應該多說點話，面對秦苒他實在沒辦法，這個姪孫女太冷淡了。

他一邊說著，一邊拿出手機，跟大兒子說了一句。

與此同時，唐家——

唐大少爺敲開唐輕的門，轉達了唐均的意思。

唐輕正忙著培養，聽到之後有些不耐煩。

「什麼亂七八糟的人。」

她現在很忙，沒時間能浪費，因此說完就關上房門。

唐家大少爺頓了一下，也沒逼她，站在門外想了一會兒就下樓了。

他爸爸找回他姑姑後代的事情，唐家大少爺也知道。只是唐家大少爺從未見過他姑姑，更對這個姑姑沒什麼記憶，因此就算知道姑姑的後代被找回來了，他也沒有唐均那麼在意。

他隨意地想著，傳了一則訊息給唐均。

唐輕這邊沒有想法，秦苒這邊更沒有想法。唐均一開始的想法很簡單，就是希望年輕人多交流，想透過唐輕攻略秦苒。

畢竟秦苒不容易攻略。

對方太冷了，尤其是……跟拿到的資料一樣有點怪，越相處越覺得怪。

「對，苒苒好像也會程式設計。」唐均直接看向秦苒，笑著說：「到時候可以多聊聊。」

聽著唐均的話，老李忍不住看了後照鏡一眼，嘴角抽了抽。

讓這兩個人交流電腦……一個專攻電腦，一個物理上有那麼高的成就，這要怎麼交流？

唐輕現在是除了陸知行以外，唐均第二個看重的後代，天賦在同齡人中都極其出眾，在電腦上也確實有自己的造詣。

尤其是唐輕這個人還有點傲，到時候怕會弄巧成拙。

秦苒現在一心只有物理，連雲光財團那邊都不想管了，更別說其他事情。

她委婉謝絕了唐均。

唐均還想說什麼的時候，他口袋裡的手機響了下。

低頭一看，正是唐家大少爺的訊息，委婉地說了唐輕的想法。

唐均按了按眉心，沒再回覆。

在幾人說話的時候，已經到達了秦修塵的影視基地，一行人找了餐廳包廂吃飯。

＊

程雋正在馬修的辦公室裡。

兩人這次倒是心平氣和的，馬修刮了鬍子，沒有以往那麼喋血的氣勢，從外面倒了兩杯咖啡進來，一杯自己拿在手上，一杯遞給程雋。

「沒想到程先生這麼年輕。」

馬修坐到程雋對面，眉毛微挑，喝了一口咖啡後，就把杯子放下，「你們不是有句話叫開門見山？我想知道你到底在打什麼主意。」

這半年都在找他麻煩，偏偏在這緊要關頭，又平白無故地讓了兩個勢力給他。

程雋絲毫不慌，他抬了抬眉梢：「沒什麼主意。」

馬修瞇起眼看著他，不太相信。這位的心計他也聽說過，本來這兩年他都要退出美洲了，沒想到一年前忽然又捲土重來，而且給美洲的幾個勢力添了不少麻煩。

馬修一直在找程雋這一行人的證據，可惜對方太過狡猾，很難找到有用的證據。

「畢竟你是Q要幫的人。」程雋喝了口咖啡，抬眼看馬修，面容多了幾分嚴肅，「上次你放了她，我當然也不會再找你麻煩，對你我都好，這件事希望我們能達到共識。」

他說完就放下茶杯，施施然站起來，禮貌地告別，然後離開。

沒有永遠的敵人，只有永遠的利益，程雋那一行人向來不與其他人合作，現在卻向自己拋出橄欖枝，馬修一時之間也有些困惑。

他跟程雋向來水火不容，除非其中一方肯退一步，不然會一直呈現敵對狀態。

這一點對程雋跟馬修來說基本不可能，然而馬修沒有想到程雋竟然讓步了。

上次放了秦苒之後，他才拿到秦苒跟程溫如的詳細資料，知道秦苒跟程雋那一行人的關係。

程雋讓步是因為她？

「老大。」馬修還在思考，門外去送文件給秦苒的人回來了，「文件我已經送去給那位秦小姐了。」

馬修點點頭，原本張口還想說什麼，忽然又想起什麼，猛地站起來，手邊的咖啡被掃落在地。

馬修的手下一愣，「老大，您沒事吧？」

馬修擺擺手，站在桌邊，想起了程雋剛剛說的話。

程雋一開始就沒提那位秦苒，從頭到尾提的都是Q……

他的意思是……

馬修混亂的思路逐漸回到正軌。他低頭打開手機，找出他經常跟Q聊天的虛擬帳號，看了半晌，又覺得不可思議。

會是她？

*

程雋出來後就傳了則訊息給秦苒，詢問她在哪裡。

秦苒跟秦修塵一行人吃完飯之後，秦修塵要繼續待在劇組裡，唐均就在這時盛請秦漢秋一行人去唐家。

秦漢秋一直以來都覺得自己是個孤兒，對父母完全沒有印象，聽到唐均的邀請，他遲疑了一下，還是答應了。

現在已經晚上九點了，再到唐家還有一段距離。

秦苒聽到了秦漢秋跟唐均的對話，她低頭沒說話，也沒麻煩唐均一行人再把自己送回去，只是把唐家周邊的地址傳給程雋。

晚上接近十點，才到達唐家附近。

唐家撇去唐均，也處於美洲勢力中心，是馬斯家族封地的一處勢力。唐家是個十分豪華的小莊園，占地並不大，一眼能望到盡頭，此時莊園內裡燈火通明，車子停在莊園門外。

一行人下車，看到這個小莊園，秦管家內心的驚訝開始翻湧，唐均這身分肯定不簡單，在美洲還能擁有莊園的，都不是什麼簡單的人物。

他看著秦漢秋跟秦陵，心底逐漸擔憂，這次他好像有點魯莽了，不該讓秦漢秋來唐家，肯定會被人看輕。

秦苒跟在秦漢秋身後下車。老李把車鑰匙遞給門口的警衛，讓他去停車，然後轉身看向秦漢秋這行人。

秦漢秋跟秦管家都沒見識過這些古早的莊園建築，此時確實被唐家這占地嚇到了。

老李一點也不意外，剛要收回目光的時候，看到這行人中的異類秦苒……

秦苒隨意看了這小莊園一眼，就收回目光，臉上並沒有秦管家等人的驚駭。

她拿著手機，看向唐均，禮貌地道別：「不好意思，我要先回去了，明天的專案還有流程要走。」

現在要走？

唐均一頓，「我讓老李送妳回去，美洲晚上很亂，一個人不安全。」

秦苒搖頭，她往前走，只朝背後懶洋洋地揮了揮手：「不用，有人來接我。」

唐均不放心地看向秦漢秋，「苒苒她……」

秦漢秋卻對秦苒十分放心，他擺擺手，「沒事，苒苒她不會開玩笑，再說，還有小程在呢，肯定是小程來接她。」

對於這一點，秦漢秋並不擔憂。

唐均看著秦漢秋的表情，想了想也沒有再說什麼，直接帶秦漢秋一行人進去。

現在已經十點了，進去後，大廳內只有莊園的幾位管家恭敬地等著。

唐均臉色一沉，看得出來生氣了：「大少爺他們人呢？」

「大少爺跟小姐他們休息了。」唐家的幾位管家恭敬地回答，「我已經派人去請它們了。」

這個時間在休息也是正常的。當然，最主要還是大少爺那群人沒那麼重視老爺妹妹的後代，要是換成陸知行，別說大少爺，連唐輕小姐都會老老實實地坐在大廳裡等待。

唐家沒人敢輕視陸知行，連唐老爺都會給陸知行三分薄面，畢竟陸知行跳出了唐家，依舊在美洲混得不錯，有一堆可怕的人脈。

幾位管家心裡有數，不過都沒有說出來。

秦漢秋倒是不在意，他來只是想跟著唐均看看他母親以前的房間。

「舅舅，我們不如先看看房間跟那棵樹……」

唐均壓下心底的怒氣，換成和藹的神色，帶著秦漢秋、秦陵跟秦管家一行人去了樓上。

他一邊走，一邊跟秦漢秋說，「你還有個表哥跟二表弟，你二表弟很厲害，說起來你那二表弟的性格跟苒苒還有點像，不過他很忙，這幾天都有事，很少回來。你們在這住一晚，我晚上看看他能不能回來。」

唐均聊到自己的二兒子，表情顯然回暖了很多。

唐家，唐均唯一要徵求意見的，就是陸知行。

身後的秦管家看了唐均一眼。相處了這麼久，唐均對唐家人大部分都是命令的態度，除了這位二少爺。由此可見，這位在唐家的身分地位不低，秦管家算是知道了。

樓下，老李為自己倒了一杯水，沒有跟唐均他們一起上樓。

等一行人上了樓，唐家幾位管家才壓低聲音詢問老李，當年那位意氣風發的唐小姐後代的消息。

聽到幾人提問，老李頓了一下，然後搖頭。

秦家也只有秦陵跟秦苒稍微出色一點，但這兩人都還小，尤其是秦苒，老李到現在還搞不清楚這位秦小姐的古怪之處。

至於秦漢秋……他太差了，老李不想關注秦漢秋。

當初唐小姐聲名在外，秦家那位老爺也是個大人物，老李第一次知道秦漢秋時，若不是親子鑑定，他都不敢相信那是唐小姐的兒子。雖然是因為對方遭到拐賣，但老李還是十分失望。

看著老李的表情，幾位管家就差不多知道了那位唐小姐後代的情況，大概不怎麼樣。

「老爺剛剛說要叫二少爺回來，不知道他會不會回來……」

幾位管家想起了另外一件事，神情有些期待。

唐家人不知道唐均的身分，卻知道陸知行之前是駭客聯盟的成員，還主動退會，最後去了雲光財團，是唐家現在人人崇拜的人，期待他是理所當然的。

第三章　封神賽

唐家這邊發生的事情秦苒不清楚，也不知道程雋把她其中一個身分賣了，一直在忙著ＩＣＮＥ的專案。

ＩＣＮＥ舉行的第三天，評審對第一天所有成員出席的展覽給出評分。

美洲時間二月二十四號凌晨，官方公布了一百個隊伍的總排名。

這一晚，一百個隊伍跟領隊都沒有睡覺，美洲物理研究院的住宿大樓都是亮的。

京大跟Ａ大首次停下戰火，待在江院長、周博士的房間等著零點更新。

江院長的客廳坐滿了人，有兩個隊伍的成員還有領隊們，人挺多的，每個人都很關心這次排名。又時值過年，一行人晚上吃完飯就聚集在一起，十分熱鬧，一場賽事之後除了擔心成績，其他方面都很放鬆。

葛院長拿著一杯水，抬頭看了看腕錶上的時間——五十八分了，還有兩分鐘。

他喝了一口水，一眼掃過去，看到京大隊伍裡少了三個人。

「你們學校的秦苒同學跟褚珩同學呢？」

這兩天，葛院長也認識了京大這群隊伍的幾個人。

南慧瑤站在江院長身後，頭也沒抬地說：「他們三個人還在研究專案。」

葛院長跟Ａ大隊伍：「……」

專案都展示完了，還在研究，看起來是個狠人。

十二點整，葛院長催促拿著滑鼠的江院長。

「時間到了，快點重整網頁。」

江院長自然也著急，他早就登入網頁，只要重整一下就好了。

葛院長看準了時間，雖然官方說是晚上十二點整公布，但總會有些延遲。

江院長重整第一遍時，沒有看到更新的內容，第二遍的時候才出現一個淡綠色的表格。

第一列是隊伍學校名稱，第二列是每組人數，第三到第六列是評定成績，第七列是綜合分數，第八列是排名。

顯示出表格之後，江院長的手就沒動了，催促個不停的葛院長也沒有說話。

後面Ａ大的學生等不及了，「葛院長，你們怎麼沒有看成績……」

一邊說一邊往這邊看過來，話說到一半就頓住了。

表格的第一列就是「京大」。

第八列排名那一欄——是一。

排名從上往下，需要用滑鼠往下滑。

電腦第一頁的表格做得不大不小，只能看到前二十的排名，江院長跟葛院長這行人並沒有仔細觀摩第一頁的想法，只大概掃了一下前三名是哪個國家的隊伍，畢竟他們預估的名次都在五十左右，打算從第二頁開始看起。

第一行那隊伍名稱後面的「JingDa」太過亮眼，一眼就能看出這是秦苒他們隊伍的名稱，別說A大的參賽者，就連葛院長、江院長也沒反應過來。

葛院長做了他平生幾乎沒做過的動作，用手揉了揉眼睛，再看一遍。

第一名依舊沒有變化。

葛院長跟江院長都知道，這個名次意味著什麼。

葛院長看向江院長，「第一名！我們有隊伍進到前三，拿的還是第一名！」

聽到這句話，原本在隔壁桌子上喝啤酒的一行領隊立刻放下手中的啤酒，連忙跑到電腦前查看。

江院長此時拿著滑鼠的手也顫抖著。

跟他們比起來，南慧瑤更淡定一些，在實驗過程中，他們早就已經預見了京大BUG秦苒確實名不虛傳。

南慧瑤看到名次，就跑回五個人住的套房，跟秦苒說這件事。

秦苒此時還在跟褚珩和葉學長討論研究的事，聽到南慧瑤的話，秦苒只朝她敷衍地點點頭，三個人繼續研究。

南慧瑤看著淡定的三人，又想到隔壁激動翻湧的房間。南慧瑤站了一會兒，又摸摸鼻子回到隔壁大廳。

隔壁有些呆愣的一行人此刻也終於反應過來。

「快，打電話通知周校長！」江院長確認過無誤之後，連忙站起來，朝周博士道：「跟他說這個好消息！」

好消息，這不管是對京大還是對國內物理界來說，都確實是個天大的好消息。

周郢手指顫抖著，打了電話給周校長。

國內跟美洲有時差，此時國內還是下午兩點多，周校長正在程家，跟程老爺坐在暖亭裡喝茶，程老爺手邊還放著鳥籠。

周校長口袋裡的手機響了一聲，他知道這兩天周郢帶隊去參加國際賽了。

拿出電話一看是周郢，周校長一笑，他按下接聽並對程老爺道：

「應該秦苒同學他們的比賽有結果了。」

手機接通，就傳來周郢一字一頓的聲音：『爸，名次出來了，秦苒同學那一隊拿到了第一名！』

「第一名……」

聽到這個名次，周校長也不由得朝外面看了看，半晌才反應過來。

程老爺還在逗鸚鵡，看到周校長的表情，抬頭十分理所當然地開口。

「苒苒參加的比賽應該不錯吧？」他的眼裡對秦苒自帶濾鏡。

「何止不錯。」周校長直接站起來，也不跟程老爺聊天了，「我要去連絡研究院，到時候肯定還有記者，先告辭！」

他身後，程老爺不知道這意味著什麼，逗鳥的動作一頓。

他微微側過頭，讓程管家去打聽，「老周這表情不對啊……」

不過十分鐘，程管家就打聽回來了，臉上十分複雜。

「怎麼回事？」程老爺把鳥籠掛回去，詢問道。

周校長走得太匆忙了，程老爺也不太懂這些競賽項目，但周校長這態度實在耐人尋味。

程管家深吸了一口氣，抬頭說：

「老爺，這ＩＣＮＥ比賽是物理界最高級的賽事，不分年齡，只分研究成果，而秦小姐他們拿到的成績……是時隔二十四屆，國內隊伍重回第一！

四十年了，國內物理研究院重回國際視野！尤其是，他們這一隊創造了ＩＣＮＥ比賽隊伍平均年紀最小、實力最強的紀錄，據我打聽到的消息，美洲實驗室都被撼動了！」

＊

與此同時，物理研究院的研究員跟負責人都得到了國內隊伍斬獲第一的消息。

「四個平均年紀不到二十歲的年輕人……」

一眾研究員們都萬分激動，這對國內物理研究院來說一定是個天大的好消息。

他們紛紛打電話給廖院士，祝賀他實驗室內出了一個好學員。

今天是國內物理界的大過年。四十年前，國內物理界也輝煌過一年，也就短暫的一年，物理界的領軍人物寧邇消失後，國內研究院一年不如一年，這個曾經在國際物理界獨當一面的人物，最終只留下了國外物理研究者最想要的反應堆，便就此消失。

國內實驗室從此在國際間凋零，這麼多年，ＩＣＮＥ比賽再也沒人進入過前三，沒人拿過第一。

甚至於每年要角逐一百個隊伍的其中一個名次都很難。

美洲——

一群年輕人不懂國內物理界曾經的輝煌，但這行人壓抑不住，全都跑去隔壁房間祝賀。

「秦苒學妹，你們五個人厲害了。」A大的研究生嘆服，「四個大一，外加一個正常人，平均年紀不到二十一，比當初米羅封神賽還要恐怖，從今天開始，我們的隊伍也要風靡美洲物理界一把了！」

他們不知道，這五個人之中，秦苒他們四人十一月才開始研究項目，而唯一一個十足有用的葉學長，一個多月前才真正加入研究團隊，純粹是五個烏合之眾。畢竟秦苒他們的隊伍，在他們心中已經夠恐怖了。

周博士沒有說話，他只是打開客廳的窗戶。

這個角度，能看到對面美洲物理研究院的大樓上懸掛著五面國旗，其中一面換上了國內的國旗。

時隔四十年，國內物理團隊重回美洲。

競賽最終結果出來後，會在美洲時間二月二十五號白天舉行閉幕式，有一堆演講，還有美洲的採訪。

秦苒這一組作為第一名，還是史上平均年齡最小的一隊，肯定是各媒體跟教授一行人主要關注的對象。

美洲這邊的閉幕式走完，國內還有一輪採訪，秦苒向來不喜歡走這些流程，就讓葉學長跟褚珩去應付閉幕式，她待在房間研究馬修給她的文件。

馬修給的資料是當初非洲情勢的來龍去脈，包括地下聯盟扮演的角色。這麼多年，馬修能查到這些也理所當然。

秦苒坐在電腦前，伸手翻看完這些文件，神情平靜地站起來，從大廳裡拿了打火機進來，燒掉這堆文件，又把灰燼處理乾淨。

處理完之後，她才拿起手機看了看時間——九點半。

秦苒直接把電腦放入背包，拉鍊一拉，拿著背包就出了門。

剛到電梯口，手上的手機就響了一下，秦苒隨意看了眼，一個虛擬號碼——是馬修。

她一手按著電梯，另一隻手拿出耳機塞到耳朵，按了下變聲器。

「什麼事？」

『妳為什麼幫我？』

因為程雋的話，馬修思考了好幾天才連絡秦苒。

Q之前在國際上也出現過，完全是正義的化身，所以對方忽然幫助自己，馬修找不出原因，只能判定Q是個跟其他勢力毫無掛勾的正義人士。

可現在……程雋說秦苒就是Q……

馬修的視野變得模糊。
他也跟秦苒交流過。一，對方太年輕，二，對方是非洲的一個熟人。
秦苒看著電梯的樓層，聞言，挑眉：「為什麼忽然這麼問？」
兩人合作也有兩年多了，馬修從不打聽她的事。
『沒事。』
手機那頭，馬修坐在自己的位子上，看著前面的落地窗，直截了當地開口：『程當家告訴我，妳就是上次被我抓起來的人，我想找妳求證。』
馬修也不想跟Q拐彎抹角，他知道自己玩心機肯定玩不過程雋，他到現在都想不通為什麼程雋忽然不針對他了。
有問題就問，馬修向來直來直往，猜來猜去不是他的風格。
叮——
秦苒這邊的電梯門打開，她的腳步卻沒有踏出去，只站在原地，覺得自己有可能聽錯了，淡淡開口。
「你再重複一遍。」
她的語氣明顯不對，馬修也沉默了一會兒，才把那句話又說了一遍。
秦苒這次沒有回覆馬修，只是抬頭，看了眼外面，把電話掛斷，然後冷漠地扯掉耳機。

現在大部分的人都在參加閉幕式，外面人不多，程雋的車停在路邊，車窗開著，一看到她來就下了車。

程雋很了解秦苒，看她的表情就知道不對勁，那雙清冷的眼睛讓程雋先自省了一下，沒覺得自己有什麼不對的地方，才試探地開口。

「比賽出什麼問題了嗎？不會啊，我聽他們形容，你們這次厲害到不行啊。」他一邊說，一邊看著不遠處研究院上的五面旗子，下巴微抬，「妳看。」

「你跟馬修說了什麼？」秦苒雙手環胸，似笑非笑地詢問。

程雋微微瞇眼，瞬間回想起跟馬修的對話。

「妳沒跟馬修坦白妳在背後幫他的事？」程雋細數裡面的彎彎繞繞，眉頭擰起，也有點佩服了：「那他就這樣輕易地放過妳？」

畢竟當時連顧西遲這個馬修的救命恩人都沒辦法勸動他，程雋覺得也只有Q能讓馬修收手，其他人都不行。

他機關算盡這麼多年，從不覺得自己會算錯，所以才乾脆俐落地在馬修面前攤牌。

現在秦苒卻告訴他，她沒說出來？

秦苒覺得事情越說越亂了，她腦子一片混亂。

「你去搞定他，我去找秦影帝。」

明天下午要回國，國內還有一波採訪，三月初還有繼承人儀式。秦苒很頭痛，馬修肯定能猜出來。

「我現在送妳過去。」

程雋摸摸鼻子，一句多餘的話都不敢說，默默將車開到了秦修塵的影視基地。

秦修塵拍的是電影，又有好幾個重要的橋段，他的戲分一向很多，只有今天抽出了半天空檔。

秦漢秋明天也要跟秦苒一起回國，所以今天來看秦修塵。她到的時候，秦漢秋跟秦陵也剛好到達，一行人站在路邊等她。

美洲沒有什麼人認識秦修塵跟秦苒，他們大大方方的，沒有任何遮掩。

「小程你也來了？」

秦漢秋首先跟程雋打招呼，十分隨意。

秦陵也叫了聲「程大哥」，只有秦修塵跟秦管家兩個人不太自然。

程雋倒是大大方方的，對叫了聲秦漢秋叔叔之後，也叫了秦修塵一聲秦叔叔。

秦修塵面色沉靜，他看著程雋，沒有說話。他跟程雋同輩分，一開始知道秦漢秋口中的那個小程就是程雋之後，他並不看好，畢竟程家那位愛玩是全城公認的。

尤其是歐陽家跟秦四爺有交流，秦修塵知道歐陽薇對程雋的心思，歐陽薇還是一二九的人。

眼下程雋跟著秦苒叫他叔叔，面色雖然很淡，但表情很真誠。

秦修塵頓了下，能讓程雋露出這個表情……看來不只是玩而已。

秦修塵微微放下心中的大石，暗暗點頭。他收回目光，才跟程雋打了個招呼，並詢問秦苒：

「苒苒，競賽怎麼樣了？」

這幾個人都不混美洲物理界，自然不知道物理界跟國內研究院已經鬧翻天了。

秦苒的心思也不在物理競賽上，只十分頭疼地想著馬修的事情，隨意開口：

「還可以吧。」

「那就好。」

秦修塵帶他們逛影視基地，讓秦苒多拍點照。他知道秦苒一直熱衷於古建築，之後偏頭看秦漢秋：「今天小陵舅公沒有一起來？」

「沒，他們有事，還要過一會兒才會來。」秦漢秋看了看時間。

秦苒把手機交給程雋，讓他去拍照，而她把風衣的帽子戴上擋風，跟在他後面指點江山。

程雋就拿著手機，把影視基地都拍下來，拍完之後才跟秦漢秋等人道別，回去處理馬修的事情。

「小程不跟我們一起吃飯？」

一行人找了間餐廳，秦漢秋看到程雋開車走了，不由得一頓。

秦苒低頭，看著群組裡的江院長在分享獲得金牌的事，因此她點進朋友圈，分享了動態，一瞬間就獲得了十幾個讚，之後就退出了朋友圈。

「他不餓。」

「是嗎？」

秦漢秋收回目光，不太相信。

幾個人坐進包廂，坐好之後，秦管家才看著秦陵，「小少爺，你那天太衝動了。」

「怎麼了？」秦苒抬頭。

秦管家連忙解釋，「就是唐老先生知道小少爺天賦不錯，想讓小少爺留下，也可以跟那位唐小姐跟小少爺交流，但小少爺直接拒絕了。」

拒絕沒關係，秦管家也不希望他們有什麼連繫，但是秦陵沒給那位唐小姐面子，跟秦苒一樣性格尖銳，讓秦管家有些擔心以後秦陵為人處世。

「不過聽那些管家說，那位唐小姐是個駭客……」

秦管家皺眉，看向秦漢秋，遲疑著還是沒開口。

倒是秦修塵，他看了秦漢秋一眼，沉吟片刻，指尖敲著桌子。

「二哥，以後那唐家，能不往來就不要有所接觸比較好，認個舅公就好，其他的不要管。」

秦漢秋點頭：「好。」

除了舅舅，其他人他也不喜歡。

*

唐家——

唐家大少爺在一樓，老李從門外匆匆進來。

「大少爺，今天不跟老爺一起去跟秦二爺吃飯？秦家人基本上都到齊了。」他禮貌地開口詢問。

「不了。」唐家大少爺看了看手錶，搖頭：「今天二弟回來，我等他。」

他說的二弟，自然就是陸知行。陸知行除了過年，其他時間基本上就不會回來，有時候過年都不一定會回來。

他一回來，唐家上上下下都會忙碌起來。老李能理解大少爺的做法，他點點頭，然後看向幾位管家，幾位管家自然想見陸知行。

至於唐輕，從頭到尾連一面都沒露，她向來高傲慣了，除了陸知行，都不把其他人當一回事。

老李最後只帶了一位認識人的大管家離開，兩人離開後，唐家大廳裡的一位管家才看著唐家大少爺開口。

「大少爺，老爺會不會生氣……」

「不會，等我二弟回來。」唐大少爺本身的能力沒有陸知行強，但心計不弱，事情的輕重他分得很清楚，「現在最重要的是雲光財團那邊的智慧授權。」

陸知行雖然是唐家最出色的人，但唐家大少爺對他一點敵意都沒有，因為陸知行一直在雲光財團內部，對唐家沒有想法。

至於秦家那種找上門來的親戚，他讓人查了一下在京城的底細。京城現在鼎盛的四大家族拿到美洲都不太夠看，更別說沒落的秦家。

唐均關心妹妹的後代，是因為唐均跟他妹妹的感情好，但唐家大少爺對他們並沒有感情，連表面功夫不屑做。

幾個唐家人員都點頭，「二少爺這次會有好消息嗎？」

雲光財團的生意主要是在亞洲，雖然凌駕於京城的四大家族，但單憑一個雲光財團，唐家肯定不怕。

不過，美洲勢力複雜，陸知行加入雲光財團那麼多年，多次幫唐家隨手解決糾紛，唐家高層也漸漸清楚雲光財團在美洲有可怕的勢力。至於究竟是什麼勢力，就不是唐家人能知道的了。

這也是唐家這行人敬畏陸知行的原因之一。

「不知道，過年時我二弟說過，智慧授權不歸他管。」唐大少爺眼眸瞇起，略顯遲疑，「這次……恐怕也不確定。」

管家只疑惑：「二少爺今年很常回來呢……」以往好幾年都見不到他一次。

＊

門外，唐均坐在車上，眸色看不出變化，只看了眼老李。

「知行今天回來？」

「我打電話跟二少爺確定過。」老李微微頷首，然後看向唐均：「會長，您要不要等二少爺回來說兩句？」

陸知行一向很有自己的想法，在唐家特立獨行，自從九歲編寫了一套程式之後，就沒再用過唐家的一分錢。唐均一開始打算把他往駭客的方向培養，但他跟陸知行的道並不相同，只能遺憾放棄。

即便如此，陸知行不管是在唐家，還是在唐均這裡都舉足輕重。

唐均搖頭：「等我回來，還來得及。」說完，他微微闔上雙眼。

老李部敢多說，直接把車開到吃飯的地點。

包廂內，秦漢秋、秦修塵也沒等多久，唐均一進來，臉上掛著笑容，他淡淡地解釋了一句陸知行今天回來了。

「原來是我二表弟回來了。」秦漢秋對秦家其他人也不感興趣，但還是偏頭對秦苒解釋，「他也是一個非常厲害的軟體程式設計師。」

「喔。」秦苒隨意地點點頭，滑開手機跟鄰居聊天。

鄰居：『妳在美洲？』

鄰居：『妳弟弟說的。』

秦苒偏頭看了秦陵一眼，秦陵在跟唐均一行人說話。

她收回目光，隨手回了個「嗯」，之後又加了一句：『參加物理專案。』

鄰居看到最後一句，心情複雜，許久都沒再回覆。

半晌，又問她：『什麼時候走？』

秦苒：『明天。』

鄰居：『我也是明天回去，在停機坪等我一起，讓妳家那位幫把我的票換一下。』

這個自然沒什麼問題，秦苒不打算跟學校的隊伍一起離開，除了秦漢秋跟秦管家不認識陸知行之外，程雋跟程木都認識。

秦苒：『機場見。』

秦苒預料到陸知行應該有事情要跟自己說，就隨口答應了。

唐均身後站著老李跟唐家的大管家，老李對秦苒這態度見慣不慣了，他覺得秦苒跟陸知行有點像隔代遺傳。

倒是唐家大管家，看到秦苒這態度，微不可見地皺起眉。

「你們確定要明天回去？不多玩幾天？」唐均還在跟秦漢秋說話，想多留秦漢秋一天。

「小陵再過兩天要回去上課了。」秦漢秋看了秦陵一眼。

「好吧。」唐均有些惋惜，不過也沒多說什麼，依舊笑咪咪的，「正好，你二表弟也明天回去，我一直在想你們沒辦法見面，明天還能在機場見一面。」

吃完飯，唐均才站起來，微微彎腰，跟秦修塵說起正事。

「我們唐家很希望漢秋他們回去認祖，我爸媽當初最喜歡的就是小妹，他們在天之靈要是能看到漢秋他們三人，一定很高興。」
秦漢秋沒有說話，只是看著秦修塵，任由他決斷。
秦修塵看了唐均一眼，他沒想到唐均會拿過世的祖宗來說。
實際上，他並不想要秦漢秋跟唐家有過多瓜葛，秦漢秋是什麼樣子他很清楚，而唐家一看就不是美洲的什麼普通人家。
只是秦修塵沒預料到唐均會這麼心機。
「秦先生，你放心，只是讓漢秋他們認認祖宗。」唐均看出秦修塵的糾結，緩緩開口。
唐均話說到這個份上，秦修塵自然不能說不。
「那這件事我們下次詳聊。」唐均精瘦的臉上這才浮現一層喜意。
大管家站在唐均身後，看著秦漢秋、秦修塵一行人的樣子，眉頭擰了擰。
這秦家人還真把自己當一回事。
離開時，唐均、秦漢秋與秦修塵一行人先走，秦陵、經紀人跟秦苒一向走得很慢，而經紀人在跟秦苒聊一些美協的事。
「小陵少爺。」唐家大管家也放慢了腳步，朝秦陵彎腰並道歉：「上次大小姐的事希望您不要介意，大小姐她……」
大管家非常恭敬，他微微笑著又狀似不在意地開口。

「她兩年前就加入了駭客聯盟，為人處事有些孤傲。」

唐家人自然護短，陸知行跟唐輕是唐家現在呼聲最高的兩位。陸知行不說，他站得太高，連唐家人都不懂他，但唐家人都知道唐輕二十歲就加入了駭客聯盟，雖然是因為陸知行引薦，但陸知行願意引薦她進去，就說明她有進駭客聯盟的實力。

這種情況下，秦陵跟秦漢秋他們對唐家、對唐輕的態度就讓唐家人不悅了。

說完，唐家的大管家抬起頭。

他看著秦陵這一行人的表情，見到秦修塵的經紀人臉上微變。

「駭客聯盟？」

他上次就聽庫克老師說過駭客聯盟，這些頂級駭客什麼的離他太遙遠，經紀人一般都當作傳說來聽，畢竟不是同次元的人。

庫克當時也只是稍微提起駭客聯盟，向他證實了駭客聯盟的存在。

眼下，庫克老師只是聽說，這位管家卻說那位唐小姐加入了這個組織？

經紀人當然心底驚駭，甚至於一瞬間表情沒忍住，被唐家的大管家看得一清二楚。

這表情在大管家的意料之中，他輕笑一聲，沒說什麼，然而看向秦苒跟秦陵的時候卻頓住。

秦陵表情依舊冷漠，看不出來什麼；秦苒則拿著手機，正在看訊息。她向來擅長一心二用，自然聽到了大管家的話，臉上沒有表情，只是抬頭看向那位大管事，眼眸微微瞇起。

「麻煩讓個路。」

大管家一愣，不由自主地往旁邊退了一步。

秦苒淡淡地收回目光，繼續低頭把玩著手機，不緊不慢地往前走。

身後，大管家垂在兩旁的手一握緊。

一個二十多歲的女孩，哪來如此凜冽鋒銳的眼神？

大管家看著秦苒的背影，心想應該是看錯了吧……

唐均也要回去見陸知行，沒再跟秦漢秋等人多聊天，直接離開。

等一行人走後，經紀人才看向秦修塵，說了一下那位唐小姐的事情，最後微頓。

「小陵要是跟那位唐小姐有來往肯定有益處，但這唐家確實不簡單……」

秦修塵不讓他們跟唐家有來往是對的。

「駭客聯盟？」

秦管家對這些就不太了解了，他看向經紀人，目露疑惑，「這是一行駭客的組織，跟黑帽一樣？」

經紀人也被問倒了，他遲疑了一下，「制度應該不一樣吧……」

他只知道駭客聯盟很厲害，至於其他的，一來他不是駭客，二來他不了解這個階層的人，自然不清楚。

「駭客聯盟就是一群頂尖的駭客。」秦苒把手機塞回口袋裡，看向盡頭的車，淡淡開口：「有個暗線網路連結，專門擾亂國際上的組織，有好人也有壞人，只要技術達標，駭客聯盟都收，能加入的，至少都有全球前兩百的水準。」

她說完，程木的車就停在了不遠處。

秦苒朝身後揮了揮手，隨意開口：「凌晨三點走。」

這裡距離停機坪還有一段距離，明天上午十點半的飛機，還要提前去見秦漢秋那位二表哥，自然要把時間提前。

秦修塵目送秦苒的車離開，才轉過頭。

經紀人這才咂舌：「全球前兩百名的駭客，可怕。」

全球有幾十億人口，在這些人口中排名前兩百，確實很強，連秦修塵都微微頷首。

只有秦漢秋這個傻子，他的關注點不在唐家那位小姐很厲害，他只遲疑地開口。

「那苒苒怎麼知道的？」

他問秦修塵。

秦修塵：「……」

經紀人顯然也想到了這點，他略微抬頭，遲疑地說：「是啊，上次小姪女還有一本駭客聯盟內部的書，莫非她有朋友就是駭客聯盟的人？」

一行人面面相覷，不敢說什麼。

*

凌晨三點，程水開車來接秦漢秋一行人離開，程木則開另一輛車跟在程水後面。

晚上出行需要經過邊界，依舊每一輛車都要停下來，接受檢查才能放行。

鎮守邊界的人看到程水跟程木的車，直接打開最右邊的一道門讓他們離開，別說檢查了，連駕駛座上坐著什麼人都不敢看，一路暢通無阻。

早上八點到達美洲停機坪，他們到的時候，唐均跟秦漢秋的表弟都還沒到。

「小程。」秦漢秋直接看向程雋，「你有事就先去忙，我再等等。」

一下車，秦漢秋就看到程雋不停接電話。

程雋看了秦苒一眼，秦苒就把黑白格紋的圍巾往上拉了拉，沒說話。

「好。」程雋低頭笑了笑，卻也沒說什麼，直接說：「那我先走了，等一下登機口見吧。」

他確實有事情沒有處理完。馬修那件事，還有鎮守停機坪的霍爾這邊他肯定要去吩咐兩句。

「你去吧。」秦漢秋直接擺手，「沒事。」

程水跟秦漢秋、秦苒告別，就跟著程雋一起離開，剩下程木跟在秦苒身後。

「二爺，他們怎麼還沒來？」秦修塵今天有戲要拍，不方便送秦漢秋，就讓經紀人來送他們。經紀人看向入口問道。

「不知道。」秦漢秋搖頭，微微凝眉：「舅舅說他們很早就出發了……」

一行人又等了二十分鐘，才看到拿著行李的老李跟那位大管家。

「邊界的入檢口人太多了，排了很長的隊。」老李把箱子放好，微微彎腰，「讓你們久等了，老爺跟二少爺馬上就來，他們遇到了一位朋友，正在外面聊兩句。」

秦漢秋擺擺手，表示無妨，只是疑惑：「什麼入檢口？」

「你們第一次來美洲，可能不知道，你們來的路上，排隊檢查車子的地方就是邊界入檢口，檢查嚴格，基本上人人都知道。」大管家看了秦漢秋一眼，淡淡地解釋。

秦漢秋回憶了一下，路上他也看了一路的風景，但確實沒有檢查車子的地方，他看向秦管家。

「有嗎？」

秦管家倒是記得：「好像有吧，但我們沒有檢查。」
「怎麼可能沒有檢查？」
大管家看了他們一眼，想出言說兩句，但老李淡淡看他一眼。
老李是唐均最信任的人，大管家直接閉上嘴，不想再跟秦漢秋這些人說什麼。
老李這才微笑地看向秦漢秋一行人，微微彎腰。
「我提前來，也是想跟二爺你們說一聲，二少爺他性格有些冷淡，跟……秦小姐有點像，待會兒要是有任何怠慢之處，請你們見諒。」
要說這個，秦漢秋真的覺得沒人能像秦苒這麼跩。
他搖搖手，笑了一下。
「我一直很疑惑苒苒的性格是像誰，原來是像二表弟。」
老李也笑，「秦小姐的個性確實很像二少爺。」
說著他也有點遺憾，就是有一點不像……一個研究電腦，一個研究物理。
沒過幾分鐘，入口處出現了唐均跟一個戴著眼鏡的男人，大概三十歲，看得出來高冷且一絲不苟。
正是陸知行。
走在唐均身後，也沒看其他人，正在看手機，似乎在跟什麼人聊天。

「老爺、二少爺。」

大管家看到陸知行，臉上冷淡的神色變得很快，熱情又恭敬。

唐均對秦漢秋熱情地介紹，「漢秋，這是你二表弟，陸知行。」

然後又看了陸知行一眼：「你表哥，秦漢秋。」

唐均的聲音不小，秦苒就算在聊天，也聽到了熟悉的名字。

她面無表情地抬頭，把圍巾往下拉，正好看到陸知行那張臉。

陸知行跟以往一樣冷淡，秦苒看過來的時候，他也正好看過去。

秦苒：「……」

陸知行：「……」

兩人中間隔著秦漢秋跟唐均。唐均見到陸知行跟秦苒的表情，便對陸知行道：

「知行，這是你姪女，叫……」

「我知道，秦苒。」陸知行淡淡地說。

他看向秦苒，兩人的冷漠如出一轍。

程木對陸知行記憶猶新，他很淡定地直接打招呼：「陸先生好，原來秦小姐是要等您。」

陸知行頷首。

秦漢秋跟唐均等人都看得出來秦苒和陸知行之間的不對勁。唐均微頓，側過身。

「苒苒，你們兩個……認識？」

「嗯。」陸知行不知道在想什麼，眸光有些飄移。

他認識秦苒的時候，秦苒不足九歲，她年紀小，但智商極高，陸知行向來對人對物都很冷淡，只對這孩子感到投緣，兩人亦師亦友，秦苒更叫他一聲「陸叔叔」。

只是陸知行從來沒想到，這個叫他陸叔叔的秦苒，竟然是他親姪女？

他腦子一片空白，半晌都沒回過神。

秦漢秋看到陸知行有些受到驚嚇，此刻又輕鬆起來，目光看向秦苒。

「你們怎麼會認識？」

陸知行是後來才搬到陳淑蘭隔壁的。秦漢秋很早就跟寧晴離婚，也很少回來，而陸知行深居簡出，兩人沒有見過，自然不認識。

秦苒總算有點認命了，她收回目光，望了望天，聲線清冷。

「我鄰居。」

「什麼鄰居？」

陸知行先跟秦漢秋打了個招呼，才看了她一眼，抬起下巴。

秦苒把圍巾扯下來，她已經注意到秦修塵的經紀人、秦管家還有老李等人看向她的目光。

「我們進去再說。」

她朝入口看了看，陸知行找她肯定有其他事，基本上都是雲光財團的事。

陸知行點點頭，一向冷淡的臉上此時明顯和緩下來。他跟唐均一行人打了招呼，才與秦苒一起往旁邊走。

「妳這次要回去看看吧？」

「不回去。」秦苒乾脆俐落地拒絕。

「還搞什麼物理？」陸知行失望。

「這是事業。」

「……」

兩人越走越遠，說起話來極其熟稔，一看就是認識了很久，而陸知行半點都不像老李之前說的有任何怠慢，看起來還挺熱情。

身後，秦管家跟經紀人對視一眼，經紀人也沒回過神。

「秦管家，小姪女她……」

這兩人都知道唐家不簡單，尤其是在昨晚那位大管家說唐家那位小姐加入了駭客聯盟之後。從唐均等人的言行可以看出來，陸知行在唐家地位很高，甚至連唐家小姐都比不上，但眼看秦苒跟陸知行……

別說秦管家兩人驚訝，連唐均跟老李都忍不住看向陸知行。

全場只有程木十分淡定，他一手推著一個行李箱，身形高大，面無表情地對秦漢秋跟秦陵開口。

「秦先生，我們該走了，陸先生跟秦小姐說起正事要很長一段時間。」

秦漢秋點點頭，「那小程……」

程雋還沒來。

程木搖頭：「不用擔心他。」

程雋大概會從內部通道走。

那就沒什麼要擔心的了，秦漢秋和唐均他們告別，直接離開。

身後，老李跟大管家還沒回過神，尤其是大管家。唐均也沒說話，老李謹慎地看了眼唐均。

「老爺，秦小姐就是二少爺說的那個朋友吧？」

昨天晚上陸知行就說了有朋友在機場等他，能被陸知行當成朋友的人很少，基本上都是雲光財團內部高層的人。

唐均沒收回目光，他看著陸知行離開的方向，不知道想到了什麼，瞳孔微縮。

陸知行形容的秦苒……

半晌，唐均才回過神：「應該是她。」

唐家人在機場站了一會兒才離開。大管家忍不住詢問老李，有些膽戰心驚。

「那位秦小姐跟二少爺好熟。」

二少爺跟老爺說話的時候都沒有這麼平和過。

最重要的是，跟陸知行認識的人，哪會是什麼普通人？

＊

十點十分，所有人都登上飛機。

秦苒跟陸知行坐在右邊一排的兩個位置，程雋不緊不慢地從外面進來，看到陸知行跟秦苒，在門口頓了一下。

程木坐在門口旁的單排座位上，他最近這幾天沒睡好，已經戴上了眼罩，應該是聽到程雋來了，他伸手扯下眼罩。

「雋爺。」然後抬頭看了程雋一眼，十分淡定地解釋，「陸先生就是秦小姐的那個表叔。」

他想了想，又道：「親表叔。」

程雋停下腳步，臉上也不知道是什麼表情。

唐家的事情他自然知道，只是秦苒不關注這些，程雋也沒管，出於尊重也很少查秦苒家人的事情。

陸知行就是秦苒的那個表叔，程雋竟然跟秦苒同樣有一種認命的感覺。

他看了陸知行一眼，沒什麼表情地坐到程木身後的單排座位上，跟秦苒他們同一列。

京城時間，上午十一點，飛機落在京城機場。

美洲的唐均看準時間，在陸知行開機的時候打了電話給他。

「知行。」唐均站在一樓大廳的落地窗邊，看著小莊園的夜燈，微微抿唇，「苒苒她……應該就是雲光財團的 poppy 吧？」

唐均知道的雲光財團人士不多，但 poppy 這個人唐均非常清楚，不僅是因為對方在軟體界的地位，陸知行早年也在唐均面前提過她的事情。

唐均一直有想拉對方進駭客聯盟的想法。

他不太清楚陸知行的交友關係，但秦苒的性格、年齡跟陸知行之前和唐均提過的那個人太像了，年紀也相仿。

當初唐均透過陸知行邀請 poppy 的時候，陸知行就說過對方不到二十歲。

能在這年紀達到這種地步的人鳳毛麟角，是罕見的高智商人群，就算是唐均也會拉攏，遺憾的是對方並沒有答應。

今天看到陸知行跟秦苒，唐均下意識地就想起這件事。年紀、性格、成長地點……秦苒的所有經歷和跡象，都跟陸知行提過的 poppy 幾乎一模一樣，唐均自然記得。

手機另一頭的陸知行一手拿著電腦，一手拿著手機看向前方的秦苒，臉上的神色倒沒有什麼變化。

『這些事情，二十八樓核心部裡知道的人不少，確實是她，你問這些幹嘛？』

唐均站在落地窗邊，聽到這一句，還是忍不住扶住身旁的搖椅。

「她不是學物理的？」

『她外公以前是物理界的領軍人物，學物理很奇怪？』

陸知行淡淡地開口。

寧邇現在是教科書上的歷史人物，在物理界聲名遠揚，這件事陸知行很清楚。

「這麼厲害？」唐均確實驚訝，他並沒有查到這些內容，「前兩天我把身邊所有的年輕人都找回來了，算是培訓他們……」

『別想了。』陸知行皺了皺眉，唐均剛開口他就知道唐均要說什麼，『苒苒她現在一心學物理，連雲光財團的事情都不想管了，就算有，你也爭不贏的。』

陸知行一邊說，一邊看向秦苒，『你登入國內的瀏覽器，可以隨便打開幾個網站看看，先掛了。』

打開幾個網站看看？這是什麼意思？

唐均眯起眼，低頭打開手機，打開國內的瀏覽器。

網頁推送的頭條都是關於物理界最頂尖研究專案在美洲奪冠的消息——

『ＩＣＮＥ世界頂尖項目國內奪冠！時隔四十年重回世界級舞臺！』

這種歷史性的激動是無法用語言表達的，物理界四十年的歷史人人都學過，看到這一句，即使是普通群眾也會忍不住跟著標題興奮。

唐均點開報導，就看到秦苒的隊伍一行五人，站在美洲物理研究院國旗大樓下的宣傳照。

這些標語出來，已經不僅僅是物理界的大過年了，所有能上網的人都隨之激動，各大學的物理學院都拉起了橫幅。

唐均微頓，他知道秦苒在美洲的那場比賽不簡單，但沒想到到了這種等級。

唐均的身後不遠處，唐大少爺跟唐輕也還沒睡。

「爸，叔叔怎麼說？」唐輕放下手中的茶杯，看向唐大少爺。

唐家大少爺看著手機，搖頭：「二弟還沒回。」

他擰了擰眉頭，讓人叫來大管家，詢問他今天在機場發生的事。

「二少爺跟那位表小姐認識……」

大管家之前不關心秦苒，只記得一個秦漢秋的名字，其他人沒怎麼注意，自然不記得。

「認識？」唐大少爺一愣，「怎麼認識的？」

「爸，你們聊，我先上樓了。」

唐輕沒聽到陸知行的消息，也不想聽其他人的事情，說了一句之後直接上樓，準備自己想辦法，「我上去自己連絡小叔。」

陸知行跟秦家其他人的關係淡薄，向來冷漠，但是跟唐輕還是有稍微連絡。

看到唐輕上樓，唐大少爺也站了起來，他心繫雲光財團的許可權。

「妳等等我。」

身後，大管家張了張嘴，「大少爺，表小姐那邊要不要……」

「我先上去，看她能不能找到她小叔。」

唐大少爺擺了擺手，沒再繼續說，現在陸知行的那件事確實令人頭疼。

今天陸知行離開，說了會跟負責人談這件事，但一直沒有消息，唐家大少爺想要得到這個授權來擴大市場，自然著急。至於秦苒跟秦漢秋那邊，他不怎麼關心。

唐大少爺跟著唐輕匆匆上了樓，大管家的一句話憋在肚子裡。

「大管家？」來拖地的傭人停在大管家身邊，頓住。

「沒事……」

大管家抿唇，讓開了一步，只覺得陸知行跟秦苒的關係沒那麼簡單。

他在陸家，從來沒有看過陸知行話這麼多。

只是唐大少爺不打算聽下去……

大管家也不確定這一點。

第四章　繼承人

京城——

秦苒、程雋一行人已經到了亭瀾，程老爺、程溫如都在，顯然已經收到了美洲大捷的消息，畢竟網路上都傳遍了。

「接下來要休息幾天吧？」程老爺看向秦苒。

秦苒頓了頓。

「怎麼了？」程老爺看她。

程雋手抵著唇，咳了一聲：「還會有個拜師宴。」

程雋說完一句又側過身，有些含糊不清地說：「可能也算不上拜師宴，就是一個接管儀式吧。」

魏大師那是拜師宴，拜師學藝，但徐校長那裡確實算不上拜師宴。

「什麼接管儀式？」

程老爺皺眉，略帶擔憂。

秦苒這半年來幾乎都很忙碌，眸子裡帶著略顯戾氣的紅血絲，所以秦苒回來後，他第一句就問秦苒接下來能不能休息。

程溫如也抬頭，「很麻煩嗎？」

這半年基本上都沒見到秦苒休息過，程溫如雖然被外界稱為女強人，但也沒見過比秦苒還拚的人。

秦苒剛把外套脫下，聽到程溫如跟程老爺的話，眼睫垂下。

「就一個接管儀式，還好吧？不會很麻煩，花的時間應該不多，後續實驗還要忙，時間可能在三月一號、二號左右。」

具體時間看徐校長安排，這種事情秦苒向來不管，徐校長也不會讓她管。

程老爺點點頭，看著秦苒囑咐一句：「不要太累。」

秦苒「嗯」了一聲，還想說一句什麼，口袋裡的手機就響了，拿出來一看，是京大實驗室的電話，她一邊接起，一邊朝樓上走。

打電話的是葉學長，他剛到實驗室。

京大也快開學了，加上物理界大過年，物理實驗室地下三層都人滿為患。

『小學妹。』葉學長往外走兩步，這兩天他激動的心情也開始平復了，『妳過來一趟吧，這邊有很多教授跟院士要找妳。』

秦苒按了按眉心，打開房門，「好，我馬上到。」

掛斷電話，她打開微信，點開徐校長的大頭貼，隨手傳了一句——

『儀式隨便就行，不要太麻煩。』

收到秦苒這句話的時候，徐校長正在徐家的會議大廳內，他也是看準了時間，等秦苒回國才召集徐家上上下下的負責人。

「今天找大家來，是想要跟大家宣布一件事。」

徐校長看到秦苒的那句「隨便」，沒回什麼，只用兩隻手撐著桌子，淡淡地開口：「國內研究院的繼承人我已經選好了，三月一號會舉辦繼承人儀式。」

這句話對徐家來說，無非是一顆炸彈。

徐家本部跟研究院的勢力幾乎是同等級，徐校長是徐家唯一一個既接管了徐家，又接管了研究院的人。

他年事已高，徐家人早在一年前就開始猜測徐校長的接班人，但一直沒有什麼音訊，怎麼說都要來一場繼承人的考察吧？要經過徐家負責人的投票吧？最少要達到百分之八十才會過吧？

畢竟這牽扯到的是徐家大部分人的利益，竟然就這樣草率地決定了？

直接開始進行繼承人考察？

「徐老。」坐在左邊首位的老年人站起來，平視徐校長，恭敬地詢問：「這個繼承人是搖光少爺嗎？」
除了他，也想不到其他人，還有誰能不經過投票就能一步登上繼承人這個位置？
聽到老年人的話，徐家其他負責人的表情也緩和下來。
如果是徐搖光，那差不多。
徐搖光是徐家人這一代十分出色的年輕人，正在學管理徐家，最重要的是他是徐家人。
「不是，她也不是徐家人。」徐校長鬆開手，站直身體，看了在座所有人一眼，「事情我會讓管家安排好。」
聽到徐校長的這一句，所有人面色巨變，「徐老！」
徐校長今天只是來通知的，並不是來詢求他們的意見。以他徐家家主跟研究院最高層級管理人的身分，在徐家確實說一不二，沒人能撼動。
說完，他直接就離開。
徐管家跟在徐校長身後：「徐老，那我開始安排通知各位家主了。」
「嗯，去發通知，用我的名義。」徐老微微頷首。
兩人淡定，身後的一行人卻淡定不了。
會議桌上，其他人面面相覷，面露驚駭：「不是徐家人？徐老在幹什麼？」

所有人都不同意這個決定，一個中年男人一拍桌子。

「不行！怎麼能把研究院交給其他人？那幾年後，研究院還會屬於我們徐家？」

這幾十年來，研究院被徐家壟斷，為徐家奠定了基礎。從研究院嘗到了甜頭，他們怎麼會捨得讓給其他人。

只是，徐校長決定的事情，其他人很難改變。

畢竟徐校長手握強權。

「徐家連小徐少都達不到他的要求？他還能看上誰？還要找個外姓繼承人？」

其他人擰起眉，有人拿出手機，「小徐少知道嗎？我問問他。」

他拿出手機，打給徐搖光。

其他人都沉默地看著那人打電話，表情肅穆。

電話很快就接通，負責人將事情說了一遍，「小徐少，您勸勸老爺吧，這種事情怎麼能兒戲？您也知道研究院發生的事，最近剛被美洲提名，選繼承人怎麼能這麼隨便？」

不說那個外姓人能不能管好研究院，最重要的是對方能跟研究院同心嗎？

徐搖光那邊頓了頓，才淡淡開口：『知道了，爺爺做的決定，沒人能改變。』

隨便？

徐老會這麼隨便？徐搖光淡淡斂眸。

他為了這個繼承人，千里迢迢趕到雲城，在那裡待了三年多才等到這一個繼承人，怎麼可能會是隨便。

徐搖光看著外面，眸色深沉，沒多說話，只掛斷了電話。

聽完，徐家會議廳的人面面相覷，臉上都不約而同地表示著——

這兩件事將掀翻京城。

不僅僅是因為徐老要收繼承人，更重要的是他的繼承人還不是徐家人。

京城的格局會因此被打破？

徐老選的這個繼承人適合徐家嗎？有用嗎？能管住研究院跟徐家嗎？跟得上徐家的腳步嗎？能跟徐老一樣，為徐家開個方便大門嗎？

除了這個，徐家管理階層的人都疑惑……

徐老選的那個繼承人究竟是誰？

*

這件事不僅是徐家這行人疑惑，程溫如他們也感到不解。

程雋手裡拿著一杯茶，慢悠悠地坐在沙發上，低眸喝著。

秦苒從樓上緩步下來，手裡拿了一疊很厚的資料。

程雋喝完茶，眉梢抬起，眸色清雋：「去學校？」

「嗯。」秦苒回得懶洋洋的，她有點不想去，但這份研究只交給葉學長他們確實不合適，「可能要晚上回來。」

程雋點點頭，他起身，程木則把身上的車鑰匙遞給程雋。

兩人跟程老爺、程溫如兩人打完招呼就離開了。

等他們的背影消失在門口，程溫如才坐到老爺對面，詢問要去搬花的程木：「程木，你站住。」

程木立刻停在窗戶旁，看向程溫如：「大小姐？」

程溫如看了他一眼，挑眉：「你知道那接管儀式是什麼嗎？」

「接管儀式？」

程木之前還在樓下停車，並沒有聽到程雋跟秦苒說的話，因此略顯疑惑。

程溫如稍微解釋了一下：「苒苒說挺簡單的。」

但經過這麼多次，程溫如對秦苒的簡單有了新的了解，總覺得不簡單。

程木現在雖然問不出話來，但他的表情還是騙不了程溫如，往往都能看出一點什麼。

只是這一次，程溫如也失算了，因為程木也不知道，倒是程老爺若有所思。

是。

上次程雋有問過他心臟好不好，他以為是秦苒實驗室滿分的事情，但後來證明了並不是。

眼下看來……會不會是秦苒的這個接管儀式？

他正思索著，口袋裡的手機響了一聲，程老爺直接拿出來。

「徐家人？這時候打電話給我幹嘛？」

他挑了挑眉，直接接起來。

徐家那邊說了幾句話，大概只有一分鐘的交流過程，程老爺整個腰背挺直，眼眸斂起。

身側，程溫如拿著杯子：「有事情？」

程溫如自然能看到程老爺表情的變化。

「徐家研究院繼承人的事，聽說不是那位小徐少。我就不等苒苒他們回來了，先回去一趟。」程老爺直接站起身來。

程溫如把杯子放在桌子上，她看著程老爺的背影，微微挑眉。

「徐家研究院繼承人，小徐少？」

徐搖光在京城圈裡的名聲並不低，是徐家除了少數幾個人之外，名聲最盛的一個。提起徐家研究院下一任的繼承人，所有人下意識都會想起徐搖光。

難怪程老爺會這麼激動，研究院繼承人的事確實不簡單。

「徐家那邊沒有透露半點風聲，還要在下個月初辦宴會。」程老爺深吸了一口氣，「這未免……太匆忙了。」

讓人摸不清頭腦。

程老爺很快就離開，程溫如也站起來整理身上的大衣。

程溫如身後，程木端著花盆，站在原地思考了一瞬，想起了在雲城校醫室見到徐校長的那件事，整個人頓了一下。

然後又猛地搖了搖頭。

＊

京大物理實驗室，地下三樓——

京大的周校長、物理實驗室負責人、周郢、江院長跟廖院士一行人都在。

「秦苒同學要來了？」周校長直接看向葉學長。

葉學長點頭，抬手看了下手機，預估著時間：「大概還有半個小時。」

「把東西都準備好。」

周校長一邊往外走，一邊打電話。

他們都知道秦苒不喜歡媒體一遍又一遍詢問，葉學長跟褚珩也不擅長，就直接交給邢開跟南慧瑤，剩餘的人都在實驗室這邊等著秦苒。

不到半個小時的時間，程雋的車停在不遠處。秦苒下車，就看到周校長等人。

路剛走到一半，周圍的煙火就綻開了。

砰——

砰——

一聲又一聲。

秦苒一開始還有些不耐煩，伸手摀住耳朵。

直到她走近，看到廖院士還有周郢博士這一群物理學家抬頭看著頭頂的煙火，眼眶微紅。

她腳步頓了頓，走到一行人面前，鬆開手，心裡也數著煙火響聲。

從頭到尾，一共四十發。

「我們物理研究院的大功臣。」

周校長拍拍秦苒的肩膀，嘴角動了動，最終什麼也沒說，只是用力地拍著秦苒的肩膀。

他一開始拉攏秦苒進京大，只是為了為京大多拉一點資源，當初還帶數學學院的院長去找過秦苒，說服她換科系。

現在想想，好在當初秦苒一直堅持學物理，不然……

國內這麼多物理學教授跟研究員，這四十年的堅持又要成為一場空了。

恐怕連美洲研究院也想不到，國內物理界的崛起是因為一隊不到二十一歲的隊伍，未來可期。

「走，先進去，地下三樓還有一群物理博士在等著妳。」周校長招呼秦苒進去。

秦苒點點頭，跟著廖院士進去。

周校長用餘光看著送秦苒過來的車子，沒有和一群人一同進去，而是落在最後。

沒有人注意到周校長沒跟上來。

等一行人消失在門口，周校長才抬腳走到程雋的車邊。

程雋也剛好打開車門下來。

「周校長。」他禮貌地打招呼。

周校長從一開始就知道秦苒是程雋傳聞中的小女朋友，看到他自然不奇怪。

「程少，你應該知道我找你是為了什麼事，秦苒同學那裡……我不希望以前的悲劇再次發生，物理研究院好不容易又出現了一個領頭羊，這一次方震博那邊我會盯住，你們四大家族要是插手，那位研究員的幾個學生也不會不管。」

「我知道。」聞言，程雋淡淡一笑，眸色清淡，嗓音卻是冷漠，「不用你說。」

這就是站在秦苒這邊了。

有他的保證，周校長鬆了一口氣，臉上的笑容放大：「那就好。」

程家現在還是京城無人能撼動的第一家族，有程雋在，別說方震博，其他幾個家族也要掂掂自己的斤兩。

*

秦苒才到達實驗室，還沒去隔壁的房間換上防護衣，就被在實驗室裡等著的幾個教授包圍住。

廖院士見狀，看了秦苒一眼：「妳不用換衣服，今天沒什麼實驗，這些教授是有問題要找妳。」

聽到這一句，秦苒就不急著去換防護衣。

「廖院士，你們實驗室這次評定會有兩個研究院正式研究員的名額吧？」

周郢退到一邊。他在美洲全程做領隊，自然知道葉學長的事情。

秦苒跟葉學長的這等功勳，要達到研究員的審核標準一點也不難。

廖院士推了下眼鏡，表情一向不多，此時也如同以往一樣。

「等研究院的評定，問題不會很大。」

「我也覺得不是什麼大問題。」周郢笑了一下，「說不定還能成為研究員三級。」

秦苒的履歷，加上核子工程的研究、對物理研究院的貢獻跟本身實力，要進研究院真的不難。

「我已經上報了。」廖院士低頭看了看手機，「我昨天就提交了資料，在等研究院的通知。」

聽到廖院士這一句，周郢跟江院長等人一直沒走。

不遠處，已經好幾天沒認真工作的左丘容也不知道出於什麼原因沒走，今天實驗室全體放假，廖院士也說了今天沒實驗。

她知道今天研究院那邊肯定會給廖院士通知。

想到這裡，左丘容抿唇，心情複雜地看著被一行人圍住的秦苒跟葉學長。

「廖院士，您幫秦苒同學提交研究院的研究員提名了？」實驗室內的其他教授也都沒走，聚在一起聊著秦苒跟葉學長他們的實驗，都不約而同地要等廖院士的通知。

一群物理學家在一起，話題都是光、電、核、磁。

但現在，他們關心的都是秦苒的指導老師，「秦苒同學，妳有沒有想好指導老師的人選？」

說到這裡，廖院士也推了下眼鏡，看向秦苒：「方院長也問過我妳的問題……」

葉學長好不容易逃離這群人，走到自己的桌子面前寫稿子。

「葉學長，難怪你要離開我的團隊，原來是去參加了小學妹的ICNE比賽。」左丘容走到葉學長身邊，她閉上眼，半晌才看向秦苒，「她這次肯定能成功成為研究員四級吧？才二十歲，比別人少奮鬥十五年，方院長都想收她做徒弟……」

「妳到底想說什麼？」葉學長直接抬頭看她。

「學長，廖院士很快就要換實驗室了，看他的打算是不準備帶人了，我會被調到其他研究室。學長，我們認識了三年，比不過你認識小學妹幾個月的情誼？你們就這麼防備我？在我什麼都不知道的情況下，退出了我的航空推動器比賽，一起去參加了ICNE？」左丘容直接道。

她說話的聲音越來越大，後面半句，其他人都聽到了。實驗室的幾位博士跟院長都朝這邊看過來。

在學術界，人品不好的……

左丘容看向葉學長跟秦苒，抿著唇：「小學妹，妳記得妳一開始來實驗室，是誰帶妳的嗎？」

這一句話，讓其他博士跟教授的聲音漸漸消失，時不時看向秦苒跟左丘容。

天分再高，人品不好，研究院不一定會重視，誰知道你會拿著研究成果去幹嘛？會不會因為錢洩露機密？

葉學長抬起頭，深吸了一口氣，努力平復憤怒的心情，目不轉睛地看著左丘容，像是第一次認識她一般。

「幾個月前，廖院士讓小學妹參加妳的航空推動器比賽，是妳把名單撕掉了。」葉學長看著她，「國內物理界本來就需要團結，向來一個帶一個，學長姊帶學弟妹們很正常，妳也是這麼被我帶過來的。」

說到這裡，葉學長拉開抽屜，把秦苒當初做好的計畫書扔給左丘容。

「妳好好看看這份計畫吧！學妹的主修科系是自動化，她早就幫我們擬好了計畫，即便妳不同意讓她入隊，她還是幫妳做了計畫。左丘容，妳以為妳當時的第一名是怎麼來的？」

左丘容站在原地，驚愕地看葉學長扔到她手中的計畫書。

她剛剛是一時間氣急，話一說出口就後悔了。她捏著手中的計畫書，卻不敢往下面細看。

左丘容抬頭看著葉學長，卻只看到葉學長一張憤怒又摻雜著失望的臉，她不由自主地往後退了一步。

葉學長在左丘容說完的第一秒，就將事情真相全都抖出。

與此同時，背後也起了一層細密的冷汗。

若不是他還留著秦苒當時給他的計畫書，今天左丘容的話必定會讓秦苒留下一個汙點，這種汙點在普通人身上不足為懼，可在秦苒身上肯定會被無限放大。

「當初妳撕了小學妹的名單之後，她還是把這份計畫書給我了，當時她還有ＩＣＮＥ這個專案，卻也答應要參加妳的比賽，這比賽對她來說沒什麼實質幫助，但她還是用心為我們的隊伍寫了計畫書。我就是用了她在計畫上寫的那一點，才讓妳最後成功拿到了第一名。還有，我離開妳的研究隊伍，是在我所有工作都完成之後，沒有影響到你們任何一個人。」

葉學長說到最後，聲音也漸漸平靜下來。

他收回目光，重新坐回到椅子上，拿著滑鼠繼續查看電腦上的檔案。

計畫書這件事，葉學長本來不打算告訴左丘容，但今天左丘容徹底惹到他了。在學術界名聲有多重要，他不信左丘容不清楚。

今天左丘容當著這麼多人的面說這些，也就別怪他不念學長學妹之情。

兩人幾乎撕破了臉，在場的博士跟教授們聽著葉學長的解釋，大家都是聰明人，一下子就腦補出了事情的經過。

左丘容看不起新來的小學妹，撕了報名表，這小學妹還是用心寫了計畫書，給了葉學長……

幾位教授皺著眉頭看了左丘容一眼，又收回目光，然後繼續跟廖院士說話，等待著廖院士的電話。

左丘容還站在原地，她終於伸手，有些顫抖地打開葉學長遞給她的計畫書——秦苒在自動化系早就修完了學分，她寫的計畫書自然十分有可取之處，比葉學長、左丘容寫的計畫格局大得多，也不是無的放矢。

當初葉學長第一眼就看出秦苒寫的計畫價值，左丘容自然也能看出來。

她手指顫抖地往後翻了一頁。

葉學長僅僅借用了其中一個論點，就讓左丘容的團隊在最後三個候選第一的隊伍中脫穎而出，如果……他們整個團隊都按照秦苒的計畫來呢？

左丘容跌坐在一邊的椅子上，眸光晃動。

國內新聞都刊出了採訪，秦苒只用半年不到的時間，帶著三個新人，還有一個最後一個月才進入ＩＣＮＥ的半吊子，直接刷新了ＩＣＮＥ平均年齡最小的歷史。

在這短短時間內，她連ＩＣＮＥ的項目都能完成。

現在秦苒在物理界名聲鵲起，當時有她在，他們的航空推動器也會拿到刷新歷史的成就吧，更重要的是，有秦苒在，就是最大的震懾，就是對她研究項目最大的肯定。
左丘容想到這裡，終於稍微明白自己當初撕掉的是什麼。
可惜，時間不能倒流，再後悔也無濟於事。

*

左丘容這件事只是一個插曲，秦苒沒有在意。
她一邊聽著周郢他們說話，一邊看著手機，徐校長已經回覆了。
時間是三月一號上午十點，地點就在徐家。
徐校長本來打算在三月中旬舉辦繼承人儀式，但秦苒的表現太出乎意料，眼下這種貢獻已經足以在物理界立足，徐校長就不再等了。
他半年前就在策劃三月舉辦繼承人儀式這件事，那些瑣碎的流程早就準備好了。
三月一號在徐家其他人眼裡有點趕，但在徐校長看來是不慌不忙。
『妳給我一份名單，我來寫請柬，晚上讓人送給妳。研究院通知來了嗎？』
秦苒回了句話給徐校長：「還沒。」
然後繼續聽著江院長跟周郢說話。

「秦苒同學，實際上，方院長有派人問過我妳有沒有老師。」江院長靠著桌子，眉眼愉悅，「實際上不只他，研究院有好多人連絡不到妳，都問過我。進研究院之前，最好要找個老師，妳頭頂有個宋學長，也拜了個特級研究員作老師。妳潛力無限，以後要在美洲物理研究院擁有一席之地，也不會有什麼難度。想要收妳的人肯定很多，包括物理界的那些老傢伙們，妳那裡應該也有不少人可以連絡，要著重考慮。」

說起這個，江院長忍不住看向秦苒。

當初他知道秦苒在廖院士的實驗室，就想過廖院士有沒有可能收她為徒，但又覺得不太可能……

如今半年過去，別說廖院士，連國內最高級研究院的方震博都來詢問有關秦苒的老師的問題。

研究院、徐家都有各自的派系，只要有人，就肯定有鬥爭。

以秦苒現在的成就，再給她幾年，完全能成長為ＩＣＮＥ傳奇米羅那樣的存在，有這麼一個徒弟不僅驕傲，還是師門最強大的後盾！

秦苒遲疑了一下，偏頭看向江院長，「我已經有老師了。」

「誰？」江院長一愣，他擰眉，「沒被人騙吧？」

秦苒剛想回答，不遠處，萬眾期待的廖院士手機終於響了。

江院長立刻從靠著的椅子上站起來，其他有一搭沒一搭聊著的博士、教授也目不轉睛地看向廖院士。

廖院士低頭看了看，「是研究院的負責人。」

他直接接起電話，那邊說了結果。

大概過了一分半，廖院士輕輕「嗯」了一聲，就掛斷電話。

「怎麼樣，廖院士？」

「幾級？」

其他人看他不說話的樣子，都湊過來。

秦苒要進研究院沒有問題，這些人想知道的是她會被評為幾級。

「廖院士，你怎麼不說話……」

周郢擠進來。

廖院士沒說話，他只伸手打開電腦，花三十秒印出了一份報告，遞給周郢。

周郢低頭，其他人也迅速圍過來。

上面是一份喜報。

葉明橋：正式研究員正三級。

秦苒：正式研究院副二級。

字體不大，但十分清晰。

葉學長上次跟秦苒的反應堆報告評級，早就被評為研究院預備正四級研究員。

他才二十七歲，在這個年紀達到正四級研究員已經比一般人早了好幾年。

誰知道，這次結果下來……

他又升到了正三級！

研究院上上下下這麼多研究員，正三級的研究員平均年齡基本上在四十歲左右，除了廖院士這種的少數天才以外。

如果說葉學長的結果其他人還能接受，那麼下面秦苒的結果更讓人震撼！

副二級研究員，比葉學長還高了一級。

報告下面蓋的章是研究院的，基本上不會有變動，也就是說，秦苒剛進研究院就是副二級。

實驗室內都是在物理界有造詣的人，在這之前，這些教授們預料的最高評級是研究員三級，誰知道一來就是副二級研究員。

研究院裡不是沒有副二級以上的研究員，但是在前面冠上一個二十一歲，那水準就不一樣了。

一個二十一歲的副二級研究員，只要以後的路沒有走偏，要成為研究院的幾大巨頭基本上沒有任何問題。

吵鬧的實驗室安靜下來。

「那宋律庭，我記得進研究院時也是副三級研究員吧？」半晌之後，一人默默開口。

其他人面面相覷，他們早就聽說過秦苒的名聲。

京大ＢＵＧ苒……果然名不虛傳。

二十一歲的副二級研究員，被美洲點名的天才，難怪國內物理界最近有這麼大的動盪。

一群博士教授安靜了一會兒，又開始討論起來。

實驗室內的其他人激動興奮，江院長卻皺了皺眉。

一旁的葉學長也有些飄飄然。原本他還要再奮鬥三年，差不多能達到正常的研究員四級標準……

誰知道這才幾個月，他就直接越過四級，成了正三級研究員？

全場最淡定的還是秦苒。

她只是站在一旁，看了眼那張喜報下面蓋了章的名字——

方震博

她低頭，眼睫垂下，繼續看廖院士給她的總結。手上拿著筆，指尖削薄蒼涼，把葉學長沒有總結出來的重新畫起時，口袋裡的手機震動了一下。

秦苒拿出來看了一眼，是程溫如的訊息，詢問她晚上有沒有時間去程家。

程老爺從上午就一直在等她。

年後，她一直在實驗室，也沒去程家一趟。程溫如詢問程雋，程雋也不太理她，只讓她管好程家的事，她只好來問秦苒了。

秦苒稍微向後往桌子靠，指尖敲著手機螢幕想了半晌，才回覆兩個字——

『可以。』

*

晚上六點，實驗室裡的博士、教授走了一大半，只剩下七個在跟廖院士研究秦苒隊伍的ＩＣＮＥ專案。

這時，秦苒跟廖院士等人說了一聲，直接離開。

江院長、周郢還有葉學長三人送她出去，其他人則沉迷於研究項目，無法自拔。

秦苒看到程雋停在路邊的車。實驗室的冷氣開得很強，但因為靠近反應堆，又悶又熱，秦苒出來時沒戴圍巾，連大衣的釦子都沒扣上。

她走到最後一階樓梯時，朝三人揮了揮手，準備要走的時候，忽然又想起什麼，她側過身。

「江院長、周博士、葉學長，你們一號有時間嗎？我有私人事情。」

「一號？應該有時間。」

一號京大開學，江院長一向有很多事要忙，但秦苒找他，他肯定能空出時間來。

葉學長跟周博士這幾天都沒休假，高強度的工作使兩人也撐不住，正準備休假，因此聽秦苒這麼說，他們兩個準備月末休兩天假。

「小學妹，妳不會又有什麼專案吧？」葉學長看了秦苒一眼，頓了一下。

不過他連ＩＣＮＥ這個頂級專案都參加過了，已經是經過大風浪的葉明橋了。

秦苒再有什麼專案，他覺得自己也能撐過去。

「那倒沒有，就是有一場宴會。是我跟你們說過的老師。」

徐校長的帖子還沒到她手上，秦苒摸了摸下巴，算了一下。

她在圈子內的朋友實際上也不少，南慧瑤跟林思然他們加在一起就十個人了。至於陸知行他們……知道她要接管研究院，可能會直接氣死。

當然，不只這個原因，陸知行喜靜，她也可以單獨請他吃一頓，這種宴會她自己都覺得煩，更別說請他來了。

秦苒跟三人再次道別，拉開副駕駛座的門坐上去。

程雋車內的燈開著，正低頭按著手機傳訊息。

看到秦苒上來，他不慌不忙、一本正經地把手機關了。

「我那個朋友要請嗎？」

秦苒靠著椅背，手上拿著手機，略微思索。一直以來囂張慣了，想到什麼就做什麼，這些人情世故她向來不太懂。

程雋轉動車鑰匙，「哪個？」

「狗仔那個。」秦苒回。

「送藥給妳的？」程雋一笑，將車開到大路上，「她也在京城？請吧。」

秦苒點頭，她拿出手機，找出何晨的微信，傳一句話過去——

『一號有時間嗎？』

想了想，秦苒又加了一句——

『徐家宴會，來的人很多，有大消息可以挖。』

何晨是一個記者，什麼都幹。

戰地記者、狗仔、新聞記者……只要是這個行業的，大部分都有她的身影。

徐家這種經常挖不出消息的，何晨肯定喜歡。

她傳出訊息沒過兩秒，何晨就打了電話過來。

她也在京城，在外面跑新聞，把頭上的鴨舌帽往下壓了壓，笑著說：「妳有徐家宴會的請帖？厲害啊，我正在煩惱沒辦法用記者這個光明正大的身分進去呢。」

跟秦苒講完電話，何晨把手機掛斷，直接往口袋裡一塞。

「不愧是孤狼啊。」

「何晨姊，妳說什麼請柬？」身邊的另一個記者詢問。

「沒什麼。」何晨淡笑。

她隨意地擺擺手。

*

實驗室這邊，江院長等人看著載著秦苒的黑車離開，江院長這才擰眉，沉下語氣。

「周博士，你說……研究院這是怎麼回事？捧殺？」

秦苒是有實力，但一開始就穩坐副二級的研究員，這個位子是不是有點太高了？

畢竟副二級的研究員跟大部分的老頭子都能平起平坐了。

秦苒固然是國內物理界百年難得一見的天才，但這麼小就給她這個殊榮，不怕她驕傲自大，被捧得飄飄然，從此疏於研究嗎？

正三級才符合她現在的地位。

江院長有點懷疑起研究院高層人員的居心。

「不知道，研究院的事情我知道得很少。」周郢沉吟半晌，「這副二級確實很高，放在其他人身上可能會出問題，但秦苒同學不會。」

「你怎麼知道不會？誰知道以後研究院會不會再讓她升上正二級？」

江院長側身，手揹在身後。

周郢頓了頓，看著江院長，輕咳兩聲。

「江院長事務繁忙，應該不聽八卦不上網吧？秦苒同學在網路上可是紅極一時。光是那個什麼遊戲的神牌創始人就足以讓她封神了，還是魏大師的關門弟子，她要是這麼容易自滿就不是秦苒了。」

周郢不在研究院裡，但也知道裡面情勢複雜。

不管怎麼說，背後的人要是真打著「捧殺」秦苒的主意，只能說對方沒有調查到秦苒所有的事蹟。

被千百萬人捧著的「ｑｒ」都沒得意忘形了，會因為研究院一個副二級的研究員身分而自滿？

周郢冷笑。

那個人未免太小看秦苒了吧。

江院長當然不會看八卦，但那段時間他也聽其他人討論過秦苒，基本上是聽家裡的晚輩跟學校裡的學生討論。

他還跟風看過那檔綜藝節目，秦苒在裡面的表現中規中矩，江院長也不覺得有什麼出格的地方，尤其那道物理題，甚至讓江院長懷疑起節目組的智商。

江院長不了解九州遊這個遊戲，但聽周郢這麼一說，他倒是放心。

他回想了一下，今天秦苒的表現也確實冷靜，冷靜過頭了。

*

秦苒這邊先回到亭瀾。

程木也剛好跟林父碰面回來，手裡喜氣洋洋地拿著兩個袋子，看到秦苒跟程雋，他抬頭。

「秦小姐，妳看看我跟林叔叔培養的新型物種，絕對比上一個耐寒。」

他打開袋子，小心翼翼地拿出裡面的花盆給秦苒看。

秦苒瞥了一眼，這盆花確實看起來比較有精神一點。

「你很有天賦。」

程雋單手插在口袋裡，也走過來看了看，輕聲笑：「確實不錯，林家找了個好園丁。」

程木脊背挺直。他鄭重迅速地把花盆擺好，擺完後，他才想起一件事。

「對了，秦小姐，這是下午有人送來的。」

程木把放在桌子的盒子遞給秦苒。

秦苒一邊上樓一邊打開盒子，正是徐校長寫好的請柬，是她下午傳過去的名單。何晨的份她才剛跟徐校長說，估計會晚一點。

她上樓換了件衣服，又拿出給程老爺、程溫如的請柬，跟程雋一起去程家。

「妳不睡一覺？」

樓下，程雋也沒換衣服，隨意倒了一杯水，慢悠悠地喝著。

秦苒搖頭，「不了，程姊姊要等不及了。」

她抬手看了下時間，接近七點。

「怕她幹什麼？」程雋蹙起眉，他放下水杯，抬手按在秦苒頭上揉了一把，半瞇著眼啟唇，「他們也不急，讓他們等等又怎麼了？」

程木已經先下去開車了，兩人一起下樓。

今天放假沒有塞車，不到半個小時就到了程家。
兩人繞過長廊，走了五分鐘左右才來到大廳。
飯桌上坐了一堆人，程溫如跟程饒瀚，除了還在美洲的大堂主幾人，幾位堂主跟管事都在。
知道秦苒忙，程家把時間訂在八點，程老爺也還沒來。這行人聚在一起是在討論徐老爺忽然舉行的繼承人儀式。
「聽說徐老要找的繼承人不是徐家人，是個外姓人。」一位高層蹙起眉頭，「徐家正大肆反對……怕是不安穩。」
「外姓人？」程饒瀚一頓，抬起頭看向那個人，聲音嚴肅，「你確定？這麼大的研究院，他不給徐搖光，要給一個外姓人？」
他這是什麼意思？嫌棄徐家勢力太大了？
「消息應該沒錯。」高層點頭，「不知道徐家到底想做什麼……總之，再過兩天，恐怕整個京城都會引起騷動。」
京城幾大家族一直很安穩，權勢很少更替。
徐老要找一個不是本家的繼承人……整個京城恐怕真的會被掀翻。要是真的，就等著看那個繼承人能不能在這個漩渦裡生存下來，要是有個後臺還好，沒後臺……

一行人正說著，秦苒跟程雋從門外進來。

秦苒一手拿著手機，一手隨意地拿著請柬。

「三少、秦小姐。」

其他管事立刻站起來，恭敬地開口。

飯桌上的人都不由自主地把目光投到秦苒身上，好奇中夾雜著少見的尊敬。

一看到這兩人，程饒瀚的胸口頓時悶著一口氣。

物理研究院重回美洲視野的事情，四大家族早就得到了消息，自然對秦苒這個人不陌生。

如果說上次秦苒來，是因為電視節目、小提琴、高考狀元的事情讓程家對她稍微改觀，這一次物理界的震動則直接讓程家人對秦苒有所敬畏。

每年都有一個高考狀元，這不稀奇，至於小提琴這些，程家也不太看重。

但美洲，以一己之力讓一家研究院重回美洲視野，打開了京城的市場，這足以讓程家其他管事看到秦苒的實力跟潛力，更知道她以後潛力無窮。若不出意外，要爬到研究院高層的位置不再話下。

這一點，已經足以讓他們尊重。

「抱歉，來晚了。」秦苒一一打完招呼後微微低頭，開口。

「哪裡晚了。」程溫如翹著二郎腿，低頭看了眼手機，抬起下巴：「這明明還有半個小時，秦管家，讓他們上菜。」

菜一一上桌。

程溫如跟程老爺跟秦苒聊美洲的事情。

「這麼晚了，妳今天在這裡住吧？我的廂房還有好幾間漂亮的房間。」程溫如拿著筷子，笑著看向秦苒，「晚上這邊還有煙火表演。」

秦苒一頓，微微側頭看向身側的程雋。

程雋隨手剝了一隻小蝦，塞到她嘴裡，語氣懶洋洋的：「那就住一晚吧，妳明天不是休假一天？還要去看叔叔吧，從這邊去也順路。」

秦苒這兩天確實累了，也懶得再舟車勞頓。

聽到這個消息，程溫如跟程老爺都十分激動。

一旁的程饒瀚吃得很不是滋味。

吃完飯，程溫如急著帶秦苒去看廂房，秦苒就把兩張請柬遞給程溫如跟程老爺兩人。

「時間訂好了，三月一號。」

程溫如隨意地收下，她自然不會當著秦苒的面翻看。

現在她正興奮地準備秦苒住在她廂房的事情，踩著高跟鞋帶秦苒往房間走。

程雋雙手枕在腦後，懶洋洋地跟著兩人。他的房間跟程溫如離得不遠，倒是不急。

「三月一號？」飯桌上，程饒瀚跟其他管事都還沒走，聽到這一句，看向程老爺：「秦小姐那邊也有宴會？」

「好像有一個。」

年初，飯局宴會多，經常會撞到，這也不是一次兩次了。

大部分都是選重要的去，次要的就派個代表。

「爸，您不會要推掉徐家的繼承人宴會吧？」程饒瀚面色一變。

他雖然知道他父親一向很寵程雋還有秦苒，但沒想到他會失智成這樣？

其他人聞言，也頓了一下。

他們看著程老爺，沒說話，但表情都顯而易見地不贊同。

徐家這件事非同小可，程老爺隨意擺手。

「我自有分寸。」

他將手揹在身後，繞過長廊走到書房。

程管家推了下鼻樑上的老花鏡，等程老爺停在書桌前，他才頓了頓：「老爺……」

「你也覺得不合適？」程老爺看了眼程管家。

程管家站在七步遠之外，聞言後抿著唇。

論情理，他自然覺得秦苒更重要，但身為世家，大部分都身不由己。徐家最近一年躥升得很快，有與程家並列的氣勢。

徐老繼承人這件事很重要，請柬肯定會鄭重地給程老爺一份，程老爺若是不到場……這帶來的影響非同小可。

程管家不說話，程老爺低頭，不知道在想什麼。

門外，有人敲門。

「進來。」程老爺頭也沒抬，一邊翻開請柬，一邊開口。

進來的是之前那幾個堂主、管事，九十度彎腰，語氣誠懇。

「老爺，徐家那件事，請您務必要三思。」

不能怪他們緊張，程老爺一遇到程雋，底線就一再打折扣，一再突破。

程家上上下下，乃至京城都習慣了，不然「雋爺」這個名字也不會威懾整個京城。

以前那些不危及程家的事情就算了，眼下程老爺這個決定，多少會危及程徐兩家的交情。

一行人說完，卻沒看到程老爺有什麼反應。

他正低頭看著手中的請柬，手似乎在顫抖。幾位堂主低頭，面面相覷。

「老爺？」程管家往前走了一步，喚了一聲。

這一聲也沒讓程老爺反應過來。

「老爺？」

程管家又叫了一聲。

程老爺這才反應過來，他「啪」地一聲放下請柬，什麼也沒說，直接步履匆匆地走出書房。

背後，程管家跟幾位堂主都不懂程老爺這是什麼意思。

程管家是跟在老爺身邊最久的人，意識到可能是那張請柬出了問題。

他走到書桌旁，把程老爺放在桌上的請柬拿起來看了一眼，捏著請柬邊緣的手也頓住，一雙渾濁的瞳孔劇烈收縮。

程管家這反應也不對勁……管事跟堂主們著急了。

「程管家，到底發生了什麼事？老爺這是什麼意思？」

「諸位，你們不要糾結老爺要去哪裡了。」

他深吸一口氣，把請柬翻過來，展示給幾個堂主看。

燙金的請柬寫得很清楚。

『敬邀：程老先生

本人將於三月一日在……』

中間一行正文其他人沒看完，目光都在左下角——

『徐世影敬上』

書房內很安靜，沒人說話。

程管家能聽到自己的呼吸聲。

徐世影，徐家那位掌管著兩方勢力大權的本名。

「程管家，這……」幾位堂主看向程管家，愣了半晌才回過神，「這是秦小姐給老爺的那張請柬嗎？」

程管家腦子一片空白，緩緩地點了頭。

老爺是一直抓著這張請柬沒有放下，這請柬就是秦苒給老爺的那張。

又過了半晌，一個堂主率先回過神來，朝其他人看去，一時語塞。

「所以，秦小姐三月一號要請老爺去的……就……就是徐家？她就是徐老要收的那個繼承人？」

不僅是他，其他人也想到了這一點。

徐家宣布繼承人這件事就足以震撼整個京城的頂尖勢力，現在也有不少人在查徐老說的那個繼承人。

大部分的人都不相信徐老會把那偌大的研究院交給一個跟徐家完全沒有關係的外人。

可現在……

「這件事會鬧翻天啊。」

一行人面面相覷。

程管家反應過來，把請柬闔上，側身看向書房裡的人，神色嚴肅。

「希望幾位堂主在三月一號前不要透漏這件事。」

秦苒一個外姓人，無論實力如何都會被徐家忌憚，難怪徐老一直對這個繼承人閉口不談。要是真的掀被徐家人知道了，秦苒怕會有危險，徐老也不一定護得住。

也幸好是秦苒，背後有程雋跟程老爺。

「秦小姐可真是……」

程管家搖頭，不知道要說什麼，只是心臟一下一下跳得很快，在耳邊不斷迴響。

程溫如廂房——

「您說什麼？」

程溫如的一身儀態也維持不住了，她猛地從椅子上站起來，瞪大一雙眼睛看著程老爺。

她回來後一直沒有看這張請柬，直到剛剛把秦苒安頓好，一回來就看到程老爺坐在屋內，對她拋下一顆炸彈。

她連忙拿起被她放在桌子上的請柬，翻開來看了一眼，得到的結論跟程管家一樣。

這一次怕是真的會引爆京城。

*

與此同時，京城沈家——

金字塔頂端發生的動盪，沈家這種勘勘碰到金字塔邊緣的人連消息都不會知道。

「秦家啊。」沈老爺舉杯，對林老爺笑著道，「歡迎入駐京城。」

若是以前，沈家高林家幾個等級，連林婉都能對林家人頤指氣使，沈家自然不會對林家這麼熱情。

可現在，前有秦苒，後有被秦四爺看重的秦語，更別說林錦軒現在事業有成，沈家自然要對林家人恭恭敬敬。

一行人喝完酒，沈老爺才看向秦語。

「過兩天，四爺要帶妳去參加一場宴會？」

秦家雖然沒落，但那只是相較於四大家族來說，對沈家這種家族，依舊是一座只能仰望的高峰。

「是徐家。」

這段時間，秦語終於在秦四爺那裡把京城局勢摸清了。之前戴然他們口中提起的「那幾個家族」，就是程家、徐家這四大家族，徐家位居整個圈子的第二。

聽完秦語的話，飯桌上的其他人都朝秦語投來豔羨的目光。秦語臉上卻絲毫沒有得意之色，她只是低眸，淡淡地拿著筷子，指尖發緊。她深知自己之前格局太小，網路上那些事算什麼，只有把權力握在掌心，那才是屬於自己的。

像程家、徐家那種才是隱於所有豪門間的隱士家族。現在的她，終於碰到了那一層稍微深一點的水。

第五章　宴會開始

三月一日，徐家——

宴會在上午九點五十八分開始。九點時，徐家大門口就有人不斷進來。每個人的身分都不可小覷。

徐老在後方準備，大門口，徐家公認的下任家主徐搖光在徐家偌大的宴會大廳內接待客人。

他和程雋一樣年少成名，最近一年都在管理徐家大事，手腕不輸徐老。

他身邊站著一個拿著酒杯的中年男人。

剛迎完一人，在這間隙，中年男人才找到機會面色凝重地看向徐搖光。

「小徐少，徐老要收的外姓人究竟是誰？信得過嗎？能力如何？」

徐老瞞得很深，也很奇怪，他們徐家去查這個繼承人的消息，半點都查不到，甚至請到歐陽家幫忙。

若不是徐老說今天要宴請賓客，其他人都不相信他真的找好了繼承人。

「二叔。」徐搖光頓了一下，他自然知道他爺爺不提前說秦苒的消息是為了保護秦苒，

「放心，她的能力……不會讓你失望。」

一個剛入大學，次年三月就能成為副二級研究員的學生。不說管理上的能力，她在物理上的造詣絕對足夠。

看徐搖光這麼篤定，徐二叔頓了頓才嘆氣。

「明明你最合適，不知道徐老在打什麼主意。」

徐搖光斂下眸子，聲音沉吟：「用不著糾結這件事，不如好好想想三天後去美洲的行程……爺爺也許會讓她跟隊。」

說到這裡，徐搖光自己也頓了一下。按照他爺爺對秦苒的看重程度，讓她跟隊也不是沒有可能。

「怎麼會？」徐二叔說：「徐老從來沒有多辦一張通行證，流程至少要半個月吧，這兩天哪能辦好。」

去馬斯家族的地盤是需要通行證的，不然連停機坪都出不去。

兩人正說著，大門口又進來幾個人。

正是秦四爺這行人。

秦語落後秦四爺兩步，這才進來，她就看到了好幾個在電視中才能看到的人，當下就意識到，這才是京城的頂級宴會，排場盛大，甚至於當初魏大師的拜師宴也無法比擬一二。

宴會大廳裡來人眾多，秦四爺直接帶人去跟主人打招呼。

「走吧，先去找小徐少。」

秦語朝秦四爺指的方向看過去。

下一秒，她的腳像被釘在地上，十分失態。

這是……徐、搖、光？

徐搖光穿著黑色的風衣，釦子嚴謹地扣上。

眸色清淡，正低頭跟身邊的人說話，臉上的表情一如既往地冷漠，身邊來往的人都會朝他點頭示意，可見他在這個宴會大廳的地位。

上大學後，秦語只見過徐搖光一面，還是在京大校園。自那以後，秦語就不怎麼關心徐搖光了。

後來徐搖光也陸續問過兩次她小提琴琴譜的問題，當時正發生網路上的那件事，秦語就再也沒有跟徐搖光連絡過。

直到今天，這個人再度出現在自己面前，秦語忍不住往後退了一步，穿著高跟鞋的腳步踉蹌。

此時秦四爺已經走到徐搖光身邊，跟他打了招呼。

「你怎麼會在這裡？」

秦語的指甲掐著掌心，努力讓自己鎮定，抬頭看向徐搖光。

徐搖光眸色低斂，目光略過秦語，沒有半點漣漪。

他略微朝秦四爺一行人點點頭，被沈家、林家人萬分小心對待的秦四爺半點都沒有感覺被怠慢，從頭到尾，沒有多看秦語一秒。

「妳認識小徐少？」等走到另一邊，秦四爺才側身看向秦語，「對了，妳跟小徐少是同一屆的，他高三就在雲城，你們應該是校友。」

秦語恍惚地點了點頭。

或許因為秦語跟徐搖光的關係，秦四爺對秦語也多了些耐心。看到她略顯失落驚訝的表情，稍微笑了笑。

「小徐少這樣的人不記得妳很正常，他是徐家下一任家主，已經接手家族事務一年了，不過畢竟有同學情誼在。」

他淡淡地說著，卻不知道給秦語帶來多大的衝擊。

當初她旁敲側擊查過徐搖光，徐搖光的生活一向簡樸，來回都是坐喬聲的車，還是住學生宿舍……

秦語的腦子一片空白，身邊的人、聲音全都化作了光影，在她耳邊嗡嗡作響。

＊

九點半，徐家兩邊的人大部分已經就位，主桌席上坐著的都是四大家族的人。徐搖光等年輕一輩的在次席，程老爺這種老傢伙都在主桌席。

繼承人儀式開始前是眾人交際的時間，除了徐家跟程家，沒有哪個家族辦得起陣容如此豪華的宴會。

「我爸還是來程家了。」程饒瀚拿著酒杯，對身邊的心腹笑，「看來他還沒有因為我三弟跟那個女孩失去理智。」

不僅程老爺沒去，連程溫如都沒去，若是以往別說兩個都去，至少有一個會去。這麼說起來，程老爺跟程溫如也沒有把秦苒看得太重。

不遠處，程雋跟秦苒朝這邊走來。

程饒瀚的聲音一頓，嗤笑道，「這兩人也自己來了？」

能來這個宴會，基本上都算得上頂級圈子的人，大部分都認識程雋，但基本上都跟他不熟，除了江東葉這幾個人，很少有人敢跟他打招呼。

秦苒跟程雋的座位也是次席。次席的年輕人稍微多一點，徐二叔也在次席，徐搖光還在招待客人，沒過來。

「徐先生。」次席上，有人詢問徐二叔，「徐老找的繼承人到底是誰？真的不是小徐少？」

說起這個，徐二叔搖頭，不動聲色：「不是，我們也沒有消息。」

別說其他人好奇了，徐家本家人也很好奇。

快到十點，一行人正聊著，程雋跟秦苒就過來了。

對於秦苒，徐二叔自然認識，研究院的大功臣，以後成就不可估量。

「秦苒同學，不，應該叫妳秦研究員。」徐二叔站起來，跟程雋打了招呼之後，十分有禮貌地跟秦苒握手，「以後請多多關照。」

飯桌上，大部分的人都聽說過秦苒這個京城炙手可熱的人物。

看過秦苒，接著把目光轉向她身邊的程雋。

程雋正習慣性地拉開身邊的椅子讓秦苒坐下。飯桌上所有認識程雋的人，除了程饒瀚之外，全都愣住。

秦苒跟程雋的關係只有程家內部與少數幾人知道，最近這段時間，京城發生的事情太多，大部分人的焦點都在徐家跟美洲身上。

對於程家不太管事的浪蕩三子的桃色新聞，其他家族沒什麼關注，還停留在之前圈子裡忽然興起的傳聞，在「學渣」、「買學校」的定位上。

誰也不知道這傳聞是誰先傳出來的，但據說來源可靠，因此大部分都相信了，畢竟程家太子什麼事幹不出來？

因此，在這之後，沒有那麼多人繼續關注桃色新聞。

直到今天，秦苒的基本資料在京城也不算祕密了，無論是年齡還是出生地點都跟之前的傳聞無異。

至於其他……學渣？買學校？這究竟是誰傳出來的謠言？

桌邊不知情的人有些發狂，只有程饒瀚，臉色有點黑。

過了半晌，這些人才反應過來，徐二叔看向秦苒，詢問起她老師的問題。

「妳的老師確定了沒有？聽說方院長也在打聽妳的消息。」

「方院長？」

身後一道輕緩的聲音傳來，淡如清風。

聽到這道聲音，桌上除了程雋跟秦苒以外的所有人都站起來，熱情有禮地向歐陽薇打招呼，連程饒瀚都不例外。

「歐陽小姐。」

「歐陽小姐。」

「……」

秦苒意識到這就是在京城名聲之大，先前還是程木女神的那位嗎？她靠著椅背，朝身後看了看。

歐陽薇淡淡地掃了她一眼，轉瞬即過，她看向徐二叔，大方有禮。

「方院長前兩天才跟我說過，他暫時沒有收徒的打算。」

聽到歐陽薇的話，程饒瀚忍不住低頭，掩下嘴邊的譏笑。

歐陽薇成功晉級為一二九的重要會員，在歐陽家也混得風生水起，與京城大小數十個勢力都交好，沒人會願意跟她交惡。

好在歐陽家底蘊不足，即便有歐陽薇在，也只是暫時擠掉了秦家，不然歐陽家還會更進一步。

程雋一向話不多，其他人不敢招惹他，所以大部分的人都在跟歐陽薇說話，至於剛才炙手可熱的秦苒，也漸漸沒人關注了。

九點五十八分，徐老揹著手走到臺上。

負責控場的主持人先致辭歡迎各位，才開始說明今天的主題。

「今天是徐老下一任繼承人的儀式，也是對方第一次公開亮相……」他滔滔不絕地說著。

次座席上，秦苒卻面無表情，「他是不是誤會了我說的簡單？」

連知名主持人都請到現場，幫他活躍氣氛？

程雋也不管飯桌上的其他人，幫她倒了杯茶。

「別生氣，徐校長他可能……真的只是故意的。」

秦苒瞥他一眼，喝了一口溫熱的水，沒吭聲。

程雋忍不住笑了。

主持人已經把麥克風交給了徐老。

徐老拿著麥克風，推了推眼鏡，聲音不急不緩。

「請我的繼承人上來。」

現場所有人都打起了精神。

尤其是徐家人，徐老什麼都沒通知，直接選定了繼承人，誰知道這個繼承人上不上得了臺面？能不能繼續延續研究院的輝煌？

今天這件事要是處理不好，徐老找的繼承人不過關，會讓徐家嫡系在徐家、在研究院的威信大打折扣。

徐家上上下下都十分緊張。

眾人聚焦在臺上，徐老的目光直接轉向秦苒這一桌。

見到秦苒低著頭，動作有些慢吞吞的，徐老心裡明白，她很討厭這些繁文縟節，跟她那外公一模一樣。

但他絲毫不覺得自己有什麼不對，今天如果不大辦一場，所有人都看不出來他對這個繼承人的態度有多認真。

「秦苒同學。」

徐老抬了抬眸，十分淡定地又加了一句。

剛剛徐老放在秦苒這一桌的眼神就讓一些人有了猜測，但也不敢置信，畢竟……那可是徐老研究院的繼承人。

此刻徐老指名道姓，現場的氣氛變得有點詭異。

所有人的目光都放在了這桌次席上。

程饒瀚僵硬地偏頭看向秦苒，至於徐二叔，前一秒他還在擔心徐老究竟是不是找了個不怎麼樣的繼承人，下一秒就整個人愣住。

在無數目光中，秦苒站起來，面無表情地上臺接受了繁冗複雜的繼承人交接儀式。

徐老鄭重地把一枚副印交給秦苒，聲音嚴肅。

「京城研究院的未來就交到妳手上了。」

聽到這一句，秦苒的手抬得緩慢，她一開始答應要接管研究院，只是為了查外公的事。

可是經歷了這麼多，雖然研究院或許有心術不正的人存在，但大部分的人都為之努力拚搏，美洲的一面國旗振奮了國內物理界的人。不過短短幾天，秦苒就感覺到了這些物理學家們一直以來的堅持。

這枚副印不僅僅是一枚印章，更是責任，是信仰。

秦苒深吸了一口氣，才伸手，接下這枚副印。

「放心。」徐老鄭重地拍著秦苒的肩膀，渾濁的眼底有隱隱的水光。良久，才緩緩開口道：「我加上程家還護不住妳的話，我們兩家也不用在京城混了。走，我帶妳下去認人。」

秦苒感覺不到徐老複雜的心情，她只是拿著酒杯跟在徐老、徐搖光還有徐家兩位負責人身後，從主桌席開始敬酒。

「程老先生跟周校長，妳應該都熟，就不用多介紹了，這位是我們徐家在美洲的接引人，卡羅先生……」

主桌席上，徐老鄭重向秦苒介紹了卡羅先生。

卡羅先生不太懂中文，只是朝秦苒舉了舉杯。

「卡羅先生是美洲馬斯家族的人，妳魏老師肯定知道，妳先記住他，以後研究院要與美洲接軌，美洲這些勢力都很重要。」徐校長說得簡略。

兩人到了次席。次席位上，徐校長有點不想看到程雋，不過鄭重地為秦苒介紹了歐陽薇，他對歐陽薇也十分客氣。

「苒苒，這是歐陽小姐，歐陽家的下一代繼承人，也是一二九的骨幹，妳們兩個差不多同齡，都是超乎尋常的天才，以後可以好好交流。」

歐陽薇已經從最開始的震驚中回過神來，面對徐校長的話，也只是淡淡點頭，似乎十分不在意地看了秦苒一眼，面上不動聲色。

等離開了次席的範圍，徐校長才鄭重地對秦苒開口，聲音壓低：「苒苒，妳應該很好奇我為什麼如此看重歐陽薇。」

秦苒點頭，她確實好奇。

歐陽薇這個人，她反覆聽過不下百遍，一二九的中級會員，但中級會員那麼多，為什麼江東葉、程溫如都對她十分推崇？

「實際上歐陽薇本身不重要，重要的是她勢力背後的那些人，我們忌憚也是她背後的人——一二九，具體情況，宴會後我會跟妳慢慢解釋。」徐校長低聲說。

在歐陽薇面前，連四大家族的幾個老爺都會給她面子。

在場的人但凡有勢力，誰不知道當初混跡國際中心的恐怖分子老大常寧？熱武巨頭巨鱷？

當年連美洲的收藏歷史館都被他洗劫了，國際刑警根本沒抓到人。何晨跟渣龍就不說了，沒人能挖出他們現在的情況。
至於孤狼……這是一二九內部都封神的存在，其他人更不敢多言。
這些人隨意抓出一個，都足以跟京城四大家族持平。
歐陽薇是這麼多年來，唯一成功加入一二九還成功達到中級會員的。
「好。」秦苒微微頷首。
沒有人比她更清楚巨鱷跟常寧的實力，京城這些人忌憚他們，實際上也能理解。
徐老他們帶著秦苒滿場繞了一圈，重要人物徐老都帶著秦苒去敬了一杯酒，這是他為秦苒打下的基礎人脈。
宴會的流程很長，從上午十點到下午兩點，一行人吃吃喝喝交流完畢才結束。
今天徐家還有秦苒的動靜有點大，整個京城的人都需要回家花一段時間緩緩。
尤其……誰也不知道徐老跟程老兩人打的是什麼主意。
周校長跟周郢一起走出了徐家大門，兩人停在車邊，周校長抬頭望天。
「這京城……怕是要變天了啊。」
不知道四大家族的格局會不會被打破，徐家為了打開美洲的市場做了那麼多努力，京城研究院這邊……會不會再次走進美洲？

＊

大廳內，秦苒跟程雋還沒有離開。

徐校長送完另外幾位老爺，才帶著徐搖光跟徐二叔兩人走到秦苒身邊。

徐二叔到現在還沒回過神來，也看著秦苒。現在終於明白徐搖光之前那句「能力足夠」是什麼意思了。

徐校長的目光在程雋身上停頓了一下。

程雋禮貌地跟徐校長打了個招呼，「徐老師。」但是沒有迴避的自覺。

「苒苒。」徐校長也不理會程雋了，他思考了一下要說的話，才鄭重地看向秦苒，「我們徐家打通了美洲的市場，三天後，徐家要去一趟美洲交接，我希望妳能一起去。」

「我？」秦苒一愣。

她想了一下實驗室的事，略顯遲疑。最艱難的一段時間，她前前後後去了美洲兩次，來回路程確實有些浪費時間。

「去吧。」

她遲疑時，程雋手抵著唇，輕咳了一聲，在旁邊低聲開口，他也要回去處理事情。

秦苒看了他一眼，美洲這個地方有點危險，導致她有點陰影。不過以後無論是徐家還是研究院，都會跟美洲有所接觸。

她想了想之後還是同意了。

聽她同意了，徐校長才鬆了一口氣。

把秦苒跟程雋送走，身邊的徐二叔才看向徐校長。

「您確定要讓秦小姐跟著車隊一起去美洲？」

秦苒去美洲比過賽，肯定有美洲的通行證，這個徐二叔不擔心。

「嗯。」徐校長收回目光，「召集所有管事以上的人，開會。」

身側的徐管家點頭，去通知徐家人。

半個小時後，徐家會議。

徐家管理級以上的人都看著徐校長，沒有說話。

在今天之前，還有人計劃連署反對徐老的繼承人，但今天之後……別說那位繼承人有程家護著了，就算沒有，他們也不能用能力不足這個理由來反對。

一個二十一歲的女生，帶著平均年齡不到二十一歲的隊伍拿到了ＩＣＮＥ的第一名，除了天才，還能怎麼說？唯一能找到的不足就是她的資歷。

只是這點，徐老已經在盡力幫她彌補。

徐家人還真的找不到漏洞，大多數人在這之前都很佩服秦苒，想要拉攏她。但這件事之後，拉攏的心情已經變成了忌憚。

沒有辦法，秦苒跟程家有關係。

這以後，研究院要怎麼算？她要是真的拿到了實權，研究院到底是屬於徐家還是程家的？

「今天主要是跟大家商量我們第二次去美洲交接的事，由搖光領隊，大部分人員已經選好，會在三日後跟卡羅先生一起出發，我會讓秦苒跟他們一起去。」

徐校長坐在主位上，語氣平緩，卻給其他人拋下炸彈。

「她？不行！絕對不行！」一位領事直接站起來反對，「徐老，我知道你看重這個秦苒，但這種事情帶她去幹嘛？」

「長長見識。」徐校長坐好，淡淡地看了說話的人一眼，「她還是魏大師的徒弟，跟馬斯家族也有些關係。」

「可她畢竟沒有經歷過這些，容易添亂，到時候不小心觸怒了馬斯家族……」也有人發自內心擔憂。

徐老的這番話引起了大多數人的強烈反對，然而徐校長不聽。

等徐校長離開，會議桌上的人才看向左邊的徐搖光，目露擔憂。

「小徐少，您也不勸勸徐老嗎？找一個外人來接管研究院就算了，還讓她接觸我們的核心交易，去美洲又不是去旅遊，也不是去參加比賽的，動輒都有可能會交火，他這……」

先是繼承人，然後是核心交易，徐家人都懷疑徐校長是不是被下降頭了。

這些徐搖光也想過，他沉吟一下，站起來。

「這兩天，再增加一隊有通行證的護衛隊。」

徐家的氣氛有些低靡。

*

徐老回來換了件衣服，徐管家站在他身側，欲言又止。

「是苒苒的事？」徐老看他一眼。

徐管家遲疑了一下，然後點頭，「對，那位秦小姐……」

確實出色，但徐老過度關心她，就這樣把研究院交給她，還有美洲的事，這明顯對她有十足的信任……但人心哪有這麼簡單。

徐老把外套的釦子扣好，他看了徐管家一眼，淡淡開口。

「因為她是寧邇的外孫女。」

四十年前，寧邇被迫退出美洲、退出京城、退出研究院。

四十年後，他的繼承人重歸京城、重歸研究院、重新連結美洲。

研究院跟京城、徐家息息相關，徐校長怎麼可能會隨便找個繼承人？

他當初循著潘明軒，找到寧海鎮的時候，就認出了秦苒一家。

原本他不打算再讓他們牽扯到研究院，只是在這過程中，秦苒的天賦讓他實在難以放棄。她是習慣散漫，但在某一方面的執著跟寧邇不相上下。

於是他索性留在雲城三年。

聽完，徐管家抿緊雙唇，站在桌旁愣了半晌才反應過來，他點點頭。

「原來如此。」頓了片刻，徐管家又抬頭：「寧院士……他以前的心腹還在研究院吧？」

徐管家一開始還擔心秦苒這麼年輕，沒有資歷要怎麼鎮住那些老傢伙，尤其是方院長……但她是寧邇的外孫女，那就不一樣了，有幾個寧邇之前手下的研究員，像廖高昂都已經成為了五大特級研究員之一。

當初受到寧邇恩惠的人不少，有他們在，再加上徐家跟程家的震懾力，秦苒的路不會太難走。

「不清楚，不過……」

寧邇當初手底下有不少人，四十年過去，這些人肯定都不簡單，成就不會比廖高昂低多少，徐校長微頓，「陳教授應該有留給她線索……」

＊

徐家門外，程雋跟秦苒兩人緩緩走在路上。

「你這次回美洲要幹嘛？」秦苒稍微側過身。

程雋隨意勾住她垂在一邊的指尖，瞥她一眼，「處理地下聯盟的事。」

「喔。」秦苒低頭，沒有再多說什麼。

程雋偏頭看了看她，原以為她還會再問兩句，誰知道他剛說完一句，秦苒就安靜了，斂下眸子，安安靜靜地走著。

程雋挑眉，「苒妹，妳這……」

他開口，剛想說她這樣有點心虛，就看到了等在停車場旁的一行人。

他吞下到嘴邊的話，朝他們瞥了一眼，腳步微頓。

正是程家人。

程老爺跟程溫如幾天前就知道了秦苒的事情，他們在宴會上的表現還算高深莫測，程

第五章　宴會開始

家幾位赴宴的堂主都留在原地等著秦苒跟程雋。

程雋一出現在視線內，程溫如就往前走了一步。

「三弟、苒苒。」

「你們怎麼還沒走？」

程雋抬頭，語氣顯然不太高興。

程溫如不想理程雋，她目光轉向秦苒，不知道要說什麼。

這是知道秦苒就是徐老的繼承人後，程溫如第一次當面和秦苒說這件事。

「苒苒妳可真是……京城好幾年沒這麼熱鬧了，我爸差點就叫家庭醫生來了。」

雖然程老爺當天晚上沒找醫生，但程老爺這半年來都非常穩定的病情，這幾天在專業人士的囑咐下，每頓都加了一粒藥。

程老爺故作淡定地把手揹在身後。

程雋抬了抬眼眸：「先回去吧。」

程家除了少數幾個人知道秦苒就是徐老之前看中的繼承人，其他人此時都還沒回過神，有些驚駭難言。

不遠處，跟歐陽薇聊完的程饒瀚朝這邊看來，整個人頓了一下。

「大少爺，我們要不要去打個招呼？」身側的心腹小聲詢問。

以前的秦苒只是個剛考進物理實驗室的學生，雖然在網路上有些名氣，但這些對於程饒瀚來說不算什麼。

可現在……徐老研究院的繼承人這一點就足以讓他重視，尤其是徐老的態度，明顯十分看重她。

向來高冷的徐搖光跟她看起來也很熟稔，敬酒全程會和她解釋。

剛知道秦苒的時候，程饒瀚一直覺得她是程雋最大的缺點，誰知道，程雋現在沒什麼心思爭搶，她卻無形中為程溫如增加了不少籌碼。

程溫如在程家的話語權越來越重，程饒瀚的潛在威脅已經變成她了。

程溫如本人跟以往沒什麼不同，唯一的不同就是她跟秦苒走得近，尤其是被巨鱷接下的那一單，程饒瀚隱約打聽到跟秦苒有些關係。

程饒瀚沉默。

若說一開始，心腹讓他去接近秦苒，他會感到不屑，現在……他已經開始後悔了。

早知道秦苒有這些事，他怎麼樣也不可能看輕她。

想到這裡，程饒瀚忍不住拿出手機，傳了一句話給剛離開的歐陽薇——

『妳知道巨鱷的消息嗎？』

第五章　宴會開始

＊

雲錦社區——

秦管家坐在沙發上，剛掛斷一通電話。

他滿臉通紅，拿著手機，半晌才抖著手打了電話給遠在美洲的秦影帝。

接電話的不是秦影帝，而是他的經紀人。

『秦管家，秦影帝在拍戲，您有什麼事嗎？』

經紀人走到一旁，壓低聲音。

「天大的好消息！天佑我秦家。」

秦管家的嘴角囁嚅著，此時的他腦袋都輕飄飄的。

秦家淡出了京城這麼久，今天因為秦苒的事情，重新浮出京城水面。

宴會剛解散，秦家就有不少老人打電話給秦管家。

他用了好長一段時間才組織好語言，對電話那頭的經紀人道：「苒苒小姐是徐老欽定的研究院繼承人！」

美洲——

經紀人接完秦管家的電話，寒天裡忍不住顫了一下，懷疑自己聽錯了。

沒多久，秦修塵拍完戲過來，伸手拿起放在椅子上的大衣，身側的助理連忙把水遞過去。

「怎麼回事？」秦修塵隨意披上外套，一邊喝水，一邊看向經紀人。

「不是……你這姪女……」經紀人抬頭將目光轉向秦修塵，最終吐出一句：「是變態吧？」

聽到這一句，秦修塵拿著杯子的手一頓，眼眸瞇起。

經紀人找了半晌，才找到一個詞形容秦苒。

「徐家那位老爺四年前就看中她當研究院的繼承人了，聽說還為了她，去雲城待了三年，你說她不是變態是什麼？」

上次在秦家繼承人考核事件以後，經紀人就覺得秦苒不該去學物理，畢竟秦苒那前所未有的高分學物理太浪費了，眼下看徐老這動作，秦苒在物理上的天賦或許並不比電腦差。

兩門都學得這麼好，這不是變態是什麼？

秦修塵的助理也是熟知京城勢力的人，一聽經紀人說到徐老就知道是誰。

他有些恍然大悟：「難怪她明明電腦很好，音樂細胞也好，卻偏偏去學物理。」

兩人說完，不約而同地轉向秦修塵，「秦影帝，你沒事吧？」

秦修塵淡淡抬頭，看他們一眼，沒說話，看起來還挺淡定。

經紀人看著淡定的秦修塵，略微揚眉。

另一個主演找秦修塵討論劇本，秦修塵「嗯」了一聲，直接走過去。

經紀人看著秦修塵的背影半晌，忍不住抽了一下嘴角：「我還以為他真的這麼淡定……」

走路都同手同腳了，幾年難得一見。

第六章　重歸美洲

京城，亭瀾公寓——

剛回來，程溫如依舊在跟秦苒說話，她坐在沙發上，微微翹起腿。

「你們又要去美洲？那要小心點，聽大堂主他們說美洲最近似乎不太平靜。」

程木看到一行人，轉身去廚房倒水。

他先幫秦苒、程溫如一人倒了一杯。秦苒接過茶，斂眉抿了一口，微微頷首。

程雋脫下外套，手裡還拿著手機。聞言，他看了程溫如一眼，剛想說什麼，手裡的手機響起，低頭一看，是美洲的號碼。

程雋隨意側過頭，程溫如跟秦苒還在說話，他瞥了兩人一眼，按下接通鍵，一邊朝樓上走，聲音壓低：「唐會長。」

打電話來的正是唐均。

他聲音低沉，『你最近在哪裡？』

程雋走進書房並關上門，眉眼抬起。

「京城，過兩天會去美洲，你的手又出問題了？」

『果然聰明。』手機那頭，唐均站在樹邊，點了一根菸，『我幾年沒出手，黑鷹應該知道我受傷的事情了，他想要會長的位置。』

唐均的手在幾年前就出過問題，當初程雋幫他動了一次手術。

雖然看起來完好如初，但實際上靈敏度大不如從前，這種程度放在普通人身上自然不受影響，但……唐均是個駭客，手跟電腦等同於他的命。

這雙手對他的實力影響太大了，但是唐均一直瞞著。

雖然他是駭客聯盟會長，但駭客聯盟內部也不太平，分為兩個勢力。

一派是站在他這邊，遵守駭客規則道義的駭客，另一派是如同黑鷹加德納，不遵守駭客道義的駭客。

唐均深知自己手受傷的事一傳出來，這些人肯定會找時機拉自己下馬，到時候駭客界肯定兵荒馬亂，作為駭客界的領軍人物，唐均一直堅持著自己的使命。

這幾年，他招攬不少駭客界拔尖的人，就是想找個價值觀相符的駭客繼承駭客聯盟的會長，讓他全身而退。

陸知行他有考慮過，但陸知行有致命的一點——他是學程式設計的。

「黑鷹？那確實麻煩。」程雋坐到書桌前的椅子上，雙眉微微擰起。

唐均的消息他也幫忙掩蓋了，這是怎麼洩露出去的？

黑鷹這個人，是排名擠得上前十的駭客，視財如命，只要給他錢，他什麼都做，還曾經在雲城攻擊過陸照影的電腦，有跡可循。馬修盯上他很久了。

『他向我發起了挑戰，就在一個星期後，我手底下有兩個後輩……絕對不是他的對手，到時候你過來一趟。』唐均抬頭，深吸一口氣，『我本來還想培養我那個失散的姪女，可現在時間也來不及了。』

說到這裡，唐均忍不住嘆氣。在電話裡，很多事不方便多說，『等你到美洲我們再詳談。』

「好。」程雋微微頷首。

他掛斷電話就打開書桌上的電腦，開始查看唐均的病歷。

*

三天後的清晨，徐家人整隊出發去美洲。

程雋有事，昨天晚上就先飛去美洲了，秦苒帶著程木落後一步。

徐家是早上七點在機場碰面，秦苒跟程木來得不早不晚。

徐家其他人本來在集合地點交談，看到秦苒，全都止住了聲，不再說下去，對她顯而易見地排斥。

「狗屎。」徐二叔身邊的一位管事壓低聲音，「徐老到底是中了什麼降頭，把研究院給一個外人就算了，還真的讓她來了，她一個研究員跟著我們有什麼用？」

若秦苒只是研究院的一員，能為研究院帶來貢獻，徐家眾人肯定會以禮熱情相待，不會是這個態度。

可現在，秦苒作為一個外姓人，還是個跟程家有關係的外姓人，她接管研究院，引起了徐家眾怒。

徐搖光穿著深色的風衣站在一旁，容色依舊清冷，一言不發。直到秦苒過來，他才抬起眉眼看向秦苒，眸色微深，半晌才說出一句。

「恭喜。」

秦苒隨意解開羽絨衣的釦子，瞥了他一眼，依舊冷淡。

「謝謝。」聽不出絲毫情緒。

說完，也不管在場的任何人，隨手把耳機塞進耳朵並打開音樂，一如既往的冷傲。

徐搖光看著她的背影，心裡有無數疑問，包括她當時為什麼隱瞞她會物理的事實，還有小提琴的事……看到她戴上耳機，他又吞下到嘴邊的話。

七點，所有人等著的卡羅先生才緩緩趕過來。

「卡羅先生。」

看到他，徐家所有人都恭敬地叫了一聲。

卡羅微微頷首，掃了所有人一眼，目光在秦苒身上頓了一下。

在幾天前的宴會上見過，卡羅自然有印象，這似乎是徐家的人，至於詳細的來歷，卡羅沒有細究。國內這些勢力他看不上眼，只是每次去美洲馬修家族的隊伍都有確定的人數。

秦苒是隊伍裡唯一出現的女人。

「徐老想讓秦小姐跟過去長長見識，放心，她不會妨礙我們的。」看到卡羅先生似乎有些不悅，徐二叔連忙站出來，壓低聲音解釋。

聽到徐二叔的解釋，卡羅皺了皺眉，「帶人出來長見識？」

他說的是國際語言，徐二叔又低頭解釋。

卡羅最後看了秦苒一眼，最終還是沒說話，有徐家做擔保，他不好說什麼。

程木提著一個巨大的行李箱跟在秦苒身後，聽到卡羅的話，他面無表情地抬頭看了卡羅一眼。

「那是卡羅先生，他是馬斯家族角鬥場的隊長。」徐搖光站在秦苒身側幾步遠的地方，看到程木的目光，他緩緩替程木介紹，「馬斯家族是美洲頂尖幾大勢力之一。」

角鬥場雖然只是馬斯家族名下的一個勢力，還是不起眼的隊長，但這些對於京城這些人來說，已經算是打開了一個大市場。

秦苒耳機裡的聲音很大，她沒有聽到徐搖光的話，只是低頭滑手機。

程雋傳了訊息給她。他已經到美洲了，正在幫人看病。

秦苒隨意回覆了一句，就跟著一行人出發。

徐家派出來的人都是菁英，三十多人，秦苒不知道他們究竟要做什麼生意，這行人大部分都避開秦苒，只說了件小事，這次會順便幫馬斯家族鎮壓一個勢力聚集地。

秦苒靠在椅背上，只大略聽到了一些內容，就扯下眼罩蓋在自己的眼睛上，沒有再聽下去。

八個小時後，飛機在停機坪停下。

此時的徐搖光跟徐二叔等人還不知道，美洲可好玩了。

*

與此同時，駭客聯盟據點——

大門旁，一輛插著小旗子的黑車緩緩停下，從駕駛座跟後座走下來兩個人。

走在後面的人身高腿長，眉目清雋，神色冷淡。

正是程雋。

老李恭敬地站在大門口等著，不敢抬頭看。

「程先生。」老李恭敬地低頭，「老爺在房間等你。」

「嗯。」

程雋低聲應了一句，跟著老李一起進去。

駭客聯盟已經被完全清場了，兩邊路上沒什麼人，老李直接帶著程雋往樓上走。

到樓上，程雋替唐均看雙手的恢復情況。

「如何？」唐均坐在躺椅上，抬眸詢問。

程雋搖頭，他伸手從口袋裡拿出了一盒白色的藥。

「實驗用藥，能幫你止痛，靈敏度我就無能為力了。」

聞言，唐均也沒多失望，他笑了一下，接著又嘆氣：「你的醫術已經很高超了，手斷成那樣還能接好。」

「很棘手？」

老李端來一杯茶，程雋隨手拿起，抿了一口。

「黑鷹排得上前十，駭客聯盟中能跟他交手的只有我。」唐均看向窗外，指尖捏著白色藥瓶，「還有一個人，不過……」

他不知道想到了什麼，微微搖頭。

程雋對駭客聯盟內部的事情不感興趣，把茶杯放下，指尖敲著桌子。

「時間是四天後？」

他一邊跟唐均說話，一邊打開手機看秦苒的訊息。

「嗯，黑鷹這次來勢洶洶，顯然是衝著駭客聯盟來的。」唐均眸色斂起，神色鄭重：「我盡力出手。」

程雋頷首，沒說什麼，只是滑著手機，不緊不慢地回了一句話給秦苒——

『有件好玩的事情。』

秦苒是駭客，全天下的駭客都對駭客聯盟感興趣，駭客聯盟的會長跟駭客界頂尖高手交鋒，她肯定感興趣。

程雋背靠著椅背，神色懶散。

秦苒真正喜歡的事情不算太多。

程雋的觀察很敏銳，之前小提琴算得上一個，最近一年她似乎也不太喜歡小提琴了，真正能讓她感興趣的，他思來想去，就只剩下一個——

打架。

這種事情他自然不會提倡。
再往後推，大概就是這些新奇的事情了，世界級的幾位駭客比賽，她肯定會感興趣。
順便帶她認識一下駭客聯盟會長。
程雋一說這件事，秦苒那邊回得也很快——
『沒興趣。』
手機另一邊，秦苒已經下了飛機，馬斯家族的車也準備好了，是四輛保母車。
保母車左邊插著一個三角形狀的旗幟，她隨意看了一眼就收回目光。
秦苒直接走到最後一輛車上，坐到最後一排靠窗的位置。
繼續滑著手機。
程雋：『？』
他似乎很驚訝自己的神機妙算不對。
『連這都沒有興趣了？妳還對什麼感興趣？』
二月初的天氣沒有之前那麼冷，秦苒依舊穿著黑色的羽絨衣，還把帽子戴上了。
她低頭看了眼程雋的回覆，又隨意回了一個字，然後從口袋裡拿出黑色耳機，再度戴上。
程木提著行李箱跟在秦苒身後上車，這輛車上不是雙人座，就是四人座。

他雙眼稍微一掃，坐到秦苒旁邊。

車外，卡羅接了通電話，然後跟徐搖光和徐二叔那行人說了幾句就匆匆整裝出發。

徐搖光、徐二叔、卡羅幾人也在最後一輛保母車上。

卡羅身邊留著一個空位。

飛機上，程木也坐在秦苒隔壁，因此徐搖光一直沒找到跟秦苒說話的機會，現在也坐在最後一排，程木隔壁。

徐二叔本來還在跟徐搖光說話，看著徐搖光想也不想地坐到程木身邊，他就停下了後面的話，沒有再說下去。

車內氣氛凝重。

「小徐少，路程會有多遠？」

程木跟著秦苒在這裡待了半年多，當然也認識路，一眼就看出來這不是往美洲邊界內部的路。

徐搖光看了眼外面的天色，「會繞一段山路，明天清晨能抵達。」

「那中途會停車休息嗎？」程木點點頭，「可以生點火烤麵包。」

車上的徐家人聞言，都下意識地皺了下眉頭。

沒看出來事態緊急嗎？還停下來烤麵包。

但因為對方是程木，程家人，保母車內的其他人都沒說話，只忍下了胸口的怒氣。

徐搖光搖頭，頓了頓才開口：「不能停。」

「好吧。」程木略顯遺憾。

＊

四個小時後，車在一處盤山公路十字路口停下，在路邊等了大概三分鐘，一支有十幾輛車的車隊開過來。

最後一輛小轎車上走下一個身高體壯的褐髮男人，直接坐到卡羅身邊。

雙方車隊都沒有說話，兵分兩路離開。

車子繼續行駛，兩個小時後，車子在一處據點停下。

卡羅先下車，幫褐髮男人打開車門。

天已經漸漸亮了，晨光下，褐髮男人就穿了件T恤，兩隻手露出強健的肌肉，身高看上去接近兩百公分。

「伯特大人。」卡羅站在車門旁，恭敬地開口。

褐髮男人只是微微頷首，卻不知道這一切引起了身後陸續下車的徐家人震撼。

徐家雖然打通了馬斯家族的經濟命脈，但距離馬斯家族還是差了許多，目前見過職位最高的人也只是角鬥場的隊長卡羅先生，卻沒想到這個卡羅對那褐髮男人這麼恭敬？

伯特？那是誰？

「小徐少？」

徐二叔心中一震，看向徐搖光，目光帶著詢問。

徐搖光跟徐老來過一次美洲，徐家這次很多人都是第一次來。

徐搖光沉吟半晌，向來清冷的眸中多了一絲認真，他搖了搖頭：「我跟爺爺也沒見過。」

秦苒跟在所有人身後，不緊不慢地下車。

她伸手取下耳機，並拉下頭頂的羽絨衣帽子，二月的天氣沒有十二月那麼冷，只是秦苒向來體質較寒，就算是在夏天，她也穿著長袖。

她手插進口袋裡，目光清冷地看向伯特的方向，眉尾微挑。

卡羅跟伯特說完才看向徐搖光等人，朝這邊走了兩步，手揹在身後。

美洲奉行實力至上，對徐搖光他們說話的時候，卡羅自然沒那麼尊敬，直接道：

「你們的住宅區是三區，記住，一區是伯特大人的訓練區，不能隨意進入，否則後果自負。」

程木拖著行李箱站在秦苒身邊，他看著伯特，能感覺到伯特身上危險的氣息。

「秦小姐，妳認識那個伯特？」程木注意到秦苒的目光，低聲詢問。

徐二叔瞥了眼程木，笑了一下，沒在意，拿好自己簡陋的裝備往三區走。

徐家其他人倒也不覺得秦苒真的認識那位伯特大人。

秦苒收回目光，她低下頭，重新拉上了帽子，語氣淡淡地說：「那是馬斯家族的地下拳王，馬斯家族經營著世界最大的地下角鬥場，每個地下拳王都有著可怕的實力，只要能在生死擂臺上獲得拳王的榮耀，就能一飛沖天。」

她語氣淡淡，聲音不大，但只要有練過的都清楚，卡羅雖然中文說得不好，卻聽得懂。

聽到秦苒的解釋，他詫異地看了眼秦苒：「小姑娘見識不少，竟然認識伯特大人。」

他只詫異了一下。伯特在地下角鬥場名聲顯赫，認識他的人可不少，他也沒深究，不過把秦苒記在了心裡。

每個拳王都有著十分顯赫的地位，不說馬斯家族，其他勢力都會花血本爭搶，角鬥場經營了這麼多年，全世界也只出過四個地下拳王。

難怪卡羅對他這麼尊重，對方是拳王，那就對了。

卡羅多看了秦苒一眼，吩咐徐家人幾句，才帶著伯特往一區走。

「伯特大人？」

兩人走到基地入口處，伯特的腳步頓了一下，卡羅抬了抬頭。

伯特看著身後的人群。他有一雙漆黑發寒的眼眸，氣勢極盛，眼眸隱隱浮現血意，似乎殺紅了眼。

他目光掃過來的時候，徐家幾個意志不堅定的人下意識地往後退了一步。

伯特的目光在人群中唯一的女人身上頓了頓，那女人看起來有些高傲，但身上完全沒有那種又喪又頹的狠厲。

濃眉微微擰了下，又搖頭，悶聲開口：「沒事，看錯了。」

說完，他和卡羅兩人進去，還停留在外面的大多是徐家的人。

竟然真的是地下拳王？

徐二叔跟徐家人斂下驚訝，都忍不住把目光轉向秦苒。

腦子裡同時盤旋著同一個疑問——秦苒是怎麼知道的？

其他人驚訝，程木的表現卻完全不同，他提著行李箱，好奇又帶著敬佩的目光朝伯特看了一眼，有些躍躍欲試。

「原來他是拳王，那肯定很厲害。」

去年他就聽秦苒、施厲銘說過角鬥場，只是……最後秦苒沒讓他去。

當時秦苒就對角鬥場很熟悉，所以今天能認出伯特，程木並不驚訝。

此時的他只對伯特充滿了敬佩，明白敢去角鬥場的都是不要命或者有抱負的人，能在生死擂臺上打到地下拳王這個稱號的人，足以讓程木心生敬佩。

畢竟……連施厲銘都十分惜命，不怎麼敢去打生死擂臺。

徐搖光見到程木的表情不見一絲震撼，甚至還有點躍躍欲試，因此頓了一下，多看了眼秦苒跟程木。

「小徐少，你們跟我來。」

卡羅走後，基地的看門人恭敬地帶徐搖光等人去一區。

徐家已經是馬斯家旗下的一員，雖然無法跟馬斯家族比，但美洲除了這些頂級勢力，也有普通群眾的存在。

在這些人眼裡，徐家跟卡羅一樣也是高不可攀的人物。

*

馬斯家族這邊的基地很大，徐搖光等人住在一棟三層樓的建築，一共十個房間。

秦苒的房間在三樓最裡面的位置，程木在她隔壁，而徐搖光在程木的隔壁。

程木進房間看了一眼，這邊基地的房子沒程雋的莊園那麼好，十分簡陋，沒什麼裝飾品。他把花盆擺上，又檢查了一遍房間才離開。

秦苒睡了一天，下午五點被程木叫醒，下樓吃飯。

屋內開了暖氣，秦苒隨意地穿了件外套，懶洋洋地出門。

「下午雋爺打了電話給我，秦小姐妳要不要回個電話？」程木跟在秦苒身後，手裡還拿著手機。

「知道了。」秦苒把左手的袖子捲起，漫不經心地回道。

樓下，徐搖光跟徐二叔都沒睡，在基地跟著卡羅忙了大半天。

「她在幹嘛？」

徐家一位負責人看了眼樓上，擰著眉頭。

「聽程木說一直在睡覺。」徐二叔也看了眼樓上，倒沒什麼情緒，「這樣也好，她也很聰明。」

畢竟秦苒不是什麼普通人，在研究院表現出色，身分還十分特殊。

徐家上上下下的人大部分都忌憚她，不然也不會在徐老讓秦苒來美洲的時候全力阻止。

眼下她主動避開徐家的事，很識相。

「這次伯特大人肯定能拿個好名次……」徐二叔剛說完，秦苒跟程木就從樓上下來了。

徐二叔話說到一半，忽然頓住，沒再說出口。
顯然有意避開秦苒跟程木。
秦苒當然也沒問，徐校長讓她跟來美洲的目的，她大概明白了，就是想要她先在徐家幾個骨幹中立下威信，實在煞費苦心。
秦苒一邊坐上空位，一邊思索著這件事。
坐在對面的徐搖光看了徐二叔一眼，淡淡收回目光，接著對秦苒道：「這次是國際中心西半部的勢力分配，具體是什麼情況我也不清楚。」
徐搖光對美洲勢力不算了解，美洲西半部是誰的勢力，他不知道。
他把這次徐家來的目的告訴秦苒，這次爭奪下來的市場，會直接劃分一個給徐家。
秦苒拿著筷子的手頓了一下，抬頭看了徐搖光，一向清冷的眸子不由得翻湧。
西半部的勢力……難怪這幾天程雋要趕到美洲，處理地下聯盟的事件，恐怕也是要參與這件事。
她收回目光，沒再說話。
吃完飯，秦苒直接拿著手機上樓。
徐二叔等人面面相覷，等徐搖光走進書房才看向他。
「小徐少，你怎麼什麼都跟她說了？我總覺得……她不是普通人。」

徐搖光淡淡看向窗外，現在接近六點，太陽也漸漸下山，落下餘暉。

「爺爺選擇相信的人，肯定沒錯。」

徐搖光側過身，垂下眸子，掩蓋眸底的光。

徐二叔眉頭緊鎖：「但是你不覺得奇怪？她就是國內的學生，怎麼一眼就認出了伯特的身分？今天我們下午問了卡羅，他也說一般人不會能打聽到伯特的事，小徐少，她……不簡單，今天她說起地下拳王的時候，表情太平靜了。」

秦苒不簡單，這件事明眼人都能看出來，那個表情不是普通人會有的。

當時徐二叔雖然處於震驚中，但也注意過秦苒的神色，他不會看錯。

這一點徐搖光自然也感覺到了，程木當時也是平靜多過於震驚。

徐搖光轉身，定睛看向徐二叔：「爺爺肯定有他的理由，他選的人，請您不要懷疑。」

說完後，他直接走到書桌前，打開電腦跟徐老彙報今天發生的事。

徐二叔站在他身後，看了他一眼，張了張嘴，一時間無話可說，只能關上門離開。

第七章　地下拳王

入夜後，秦苒正在跟程雋視訊。

『馬斯家族那邊的市場怎麼劃分？』

程雋本來想問問秦苒今天的那則訊息，但看她不太合作，索性沒問這些。

秦苒坐在房間裡唯一的一張椅子上，靠著椅背，挑著眉眼說：「拳王？」

『這麼隨便？』程雋笑了笑，他走到窗邊，推開了窗戶。

「什麼叫隨便？雙方交戰已經損失不少人馬了。況且……拳王爭奪，也是博弈。」這種大的勢力分配，怎麼可能隨便。

秦苒看著燈光熹微的窗外，微微眯眼。

程雋靠著窗臺坐著，本來隨意的表情聽到這一句話瞬間凝起，直接站起來。

『妳跟程木現在出來，我讓人去接你們。』

顯然也想到了重點。勢力範圍靠拳王來劃分，這自然不是兒戲，還是對馬斯家族有利……但兩方勢力的博弈哪有這麼簡單，在他們出手前，肯定會對伯特動手。

秦苒卻沒回答，她只是看著螢幕上他的視窗，若有所思。

「你剛剛抽菸了。」說得斬釘截鐵。

『怎麼可能，妳胡說。』

程雋另一隻手抵著唇，輕咳一聲。

「放心，我現在挺惜命的，程木也不會有事。」秦苒看了眼窗外，隔著電話，她沒計較這件事。

程雋放下手，頓了一下，眉眼微沉，『妳別動手。』

「沒必要我當然不會。」秦苒懶洋洋地打了個哈欠，又想起一件事，略帶憂色：「你們的市場是怎麼分配的？」

不會真的要跟地下聯盟爭？

『我怎麼覺得妳對美洲這麼了解呢？連每三年會劃分勢力都知道。』程雋似笑非笑地看她一眼。

秦苒又閉上嘴。

他才輕笑著開口，風淡雲清地說，『我今年沒參與。』

秦苒掛斷電話，覺得有些不對勁。她坐直身體，傳了一則訊息給程水。

程水應該在忙，直接傳了語音過來：『秦小姐，今年的市場劃分，老大讓給馬修了。』

讓給馬修了？

秦苒坐在椅子上，微微抿唇，馬修跟程水他們一直是對立關係。
今年的勢力劃分這麼重要，按照程水跟程火他們幾個的個性，怎麼會讓給死對頭？
秦苒看著手機，畫面上顯示出程水又傳來的一則語音。秦苒沒聽，收緊拿著手機的手。
程雋把地盤讓給馬修……裡面或多或少都跟自己有關係。
她正想著，外面的路燈下有一道黑影閃過。
二月的月光不是特別明顯，只有路燈照得地上彷彿染了一層白霜。
秦苒拿著手機，關掉房間內的大燈，也沒開門，直接打開窗戶，翻進程木的房間。
程木現在五感很敏銳，他也聽到了動靜，在黑夜裡看到了秦苒。
秦苒直接朝他比了個手勢，兩人從三樓翻下去。
程木一眼就看到不遠處，貼著牆角邊緣小心翼翼潛伏過來的人。他直接走過去，用手刀砍暈對方。
「有埋伏，小心尋找炸藥。」
秦苒從牆角邊緣翻找到一枚自製炸藥，臉上沒什麼表情，腦子無比清晰，「你去通知其他人，我繼續找。」
兩人兵分兩路。程木進去，而秦苒在外面找到好幾枚自製炸藥。
在程木通知的時候，三樓也有其他人發現了不對勁。

第七章　地下拳王

砰——！

走廊盡頭有一個小型反應堆爆炸了。

這裡是馬斯家族的基地，熱武器當然帶不進來，自製的威力小了很多。

「小徐少！快走！有人襲擊！」

徐二叔首先衝到徐搖光臥室，拉著徐搖光的手臂。

徐搖光也拿著手機出來，他沒有先走，而是往後走幾步，一腳踢開秦苒的房門。

「她人呢？」

火光中，徐搖光高聲道。

「誰知道她大半夜的，跑去哪裡了？不是跟她說過美洲不能亂跑嗎？這種時候還添麻煩，小徐少我們先走，怕她已經先下樓了！」徐二叔不耐煩地開口。

兩人在三樓，最後才出來跟徐家其他人會合。

出來後，這才發現原來伯特跟他們一樣住在三區，並不在一區，難怪會被攻擊！

「小徐少，先上車！」

徐二叔把徐搖光推進車內。

徐搖光手拉著車門，看向跟著最後一位徐家人走出來的程木。

「你們秦小姐呢？」

程木往後看了看，眉頭一擰：「秦小姐還沒出來？」
徐二叔直接催促前面的司機：「開車。」
伯特那輛車已經離開了，這地方危險，幾乎快要爆炸了。
徐搖光厲聲開口：「再等等！」
「別等，走！」
徐二叔冷酷無情。
開車的也是徐家人，他面不改色，直接踩下油門，車子就這樣開出去。
能被派到美洲的都是徐家最忠誠的護衛隊，這種時候，誰的安危更重要不言而喻，徐搖光是徐家下任家主，比起秦苒，他們肯定更重視他的安危。
匆忙中，車門沒有關緊。徐二叔以為車開了，徐搖光就不會再鬧，原本用力抓著徐搖光的手鬆開了一些。
徐搖光什麼也沒說，直接扯掉徐二叔的手，從側門跳了下去。
車子油門踩到底，速度很快。他跳到路邊又滾了幾圈，腦側狠狠撞上路邊的圍牆才停下來，他雙手撐著地，直接爬起來往回跑。
「小徐少！」
徐二叔眸色劇變，開車的司機也猛地踩下剎車。

刺耳的剎車聲在夜空中響起，又被其他聲音掩蓋。

這輛車上都是徐家的骨幹，一行人相互看了一眼，什麼都沒有說，拿好自己的武器往回跑，剛跑到三區的大門邊，就看到只穿著連帽衣的女生不緊不慢地從門內走出來，手裡提著她的黑色背包，身邊還跟著卡羅。

程木在大門口等著，徐搖光也停在門邊，雙手抵著膝蓋，彎腰狠狠喘著粗氣，火光中，隱約能看到他額頭上的汗珠。

徐二叔反應過來：「秦小姐，妳還愣著幹嘛？快走，其他人已經退居二線了……」

他一句話還沒說完，秦苒就走到他對面，隨手把背包裡的東西倒出來。

一陣窸窸窣窣的聲響，十幾個少了火引的自製炸藥落在地上。

一直在說話的徐家人此時寂靜無聲，徐二叔也愣住。

秦苒沒看向徐二叔，也沒管其他人，直接對卡羅道：「可以讓人回來了，對方並不是想炸毀你們的基地。」

不過是為了騷擾伯特而已。

卡羅深深看她一眼，「請問妳是……」

兩天了，卡羅就沒認真記過秦苒的名字，此時才問起。

「秦苒。」秦苒淡淡地開口。

「秦小姐，今天我們馬斯家族記下了。」

卡羅拿著對講機走出去，今晚若是沒有秦苒，損失肯定很慘重。

他們打算重兵防守一區，不讓任何人接近，接著暗地裡經由地下道把伯特轉移到三區，誰知道連這計畫都被洩露出去了。

*

二十分鐘後，所有人安全轉移到二區，房間還沒安排好，所有人都在一樓。

面色都很凝重，只有秦苒坐在餐桌旁的椅子上翹著二郎腿，低頭在玩遊戲，程木還泡了杯茶給她。

門外，徐二叔透過眾人看向燈光下似乎挺悠閒的秦苒，忍不住開口。

「觀察力不簡單。」

剛剛那種情況下，徐家訓練有素的護衛都慌了，她卻從頭到尾不慌不忙，還找到了剩餘沒被引爆的炸藥，這不能簡單地用運氣來解釋。

無論是對炸藥的猜測，還是敵人的數量……連卡羅都沒有這麼精准的計算力。

卡羅是角鬥場的第一大隊長，他的能力毋庸置疑。

徐二叔有些想不透。

「你說她怎麼……你也看到她剛剛從火光中走出來的表情，比卡羅先生還平靜。」

徐搖光沒說話，只看向秦苒。

秦苒眉色低斂，這個角度只能看到她的側臉，看不出什麼表情。

身上沒有以往的鋒銳，更沒有那種不耐煩的匪氣，連那股壓抑都看不到了。

徐搖光不知道秦苒去年經歷了什麼，但不可否認，她與他之前想像得太不一樣了，整個人的氣勢都收斂起來，更有種讓人覺得深不可測的氣息。

兩人正說著，處理完事情的卡羅從外面進來。

徐搖光收回目光，看向卡羅，跟卡羅一起進屋：「損失如何？」

「被你們打暈的人我們已經扣押了，沒多少傷亡，伯特大人在一區，醫生已經過去了，我還不知道消息。」

經過這一次，卡羅也不再看輕徐家的人。

他看著秦苒，再次道了謝。

秦苒正在錄螢幕畫面給秦陵，聽到這句話，她抬了抬眉，淡淡地開口。

「好說。」

手上卻沒停止動作。

幾人說了兩句，外面又響起剎車聲。

人高馬大的伯特進來，一隻眼睛很紅，朝屋內看了一眼。

看到秦苒的時候，瞳孔無意識地再次縮了縮，又搖了搖頭。

「伯特先生，你怎麼樣？」卡羅直接站起來。

「沒事，只是左眼傷到了一點。」伯特不在意，打生死擂臺的，這點傷根本不值一提。

伯特身邊的人看向徐搖光一行人，欲言又止，「明明是他們……」

伯特冷冷看他一眼，讓他閉嘴，那個人不甘地噤聲。

秦苒翹著二郎腿，若有所思地看了那兩人一眼。

卡羅沒注意到，他現在關心的是伯特的傷，直接看向隨行醫生：「具體情況如何？」

「左眼視力不清，不好說……」醫生彎腰。

「這群小人！」

卡羅狠狠捶了下桌子，滿目猙獰。

卡羅拿著手機，出門連絡馬斯家主。出了這種事，他自然要稟告。

伯特沒有離開，程木並不怕伯特，上前東問一句西問一句。

大廳內，其他人也圍過來，同樣對這位傳奇的地下拳王很感興趣。

秦苒錄完螢幕畫面，手撐著桌子站起來，跟程木打了個招呼。

第七章　地下拳王

「我出去打個電話。」

程木以為她要去跟程雋報平安，連忙點頭。

外面不遠處，卡羅拿著手機，細細詢問醫生。

醫生低頭，如實稟告：「巔峰對決，左眼視力模糊，真的不好說……」

伯特的實力堅強，但高手對決，成敗就在眨眼之間。

秦苒雙手環胸，抬著下巴看著兩人，沒有掩飾自己的蹤跡。

卡羅已經看到她了，擺擺手讓醫生下去，幾步走過來，微微凝眉。

秦苒沒等他開口，直接看過去，眸色清淡：「我可以讓你們贏。」

卡羅這次的重責大任就是保護拳王伯特，伯特出了問題，他難辭其咎。

他是馬斯家族現任唯一留下的拳王。馬斯家族經營著角鬥場，大部分勢力都眼紅這個地盤，基本上每個勢力都有線人在角鬥場。

就如程水他們，都在角鬥場打過生死擂臺，挑戰拳王的人更是不少。

角鬥場出過四個拳王，只有伯特是馬斯家族的人。

伯特的左眼視力雖然出現了問題，但依舊是角鬥場的震場之王，馬斯家族一時半會確實找不到比伯特更好的人選。

聽到秦苒的話，卡羅朝她看去，微微瞇眼：「妳有什麼目的？」

秦苒說得很認真，經過剛剛自製炸藥的事，他不認為秦苒會在這時候跟他開玩笑。

她能這麼說，肯定有自己的想法。

「你們劃分給徐家的市場勢力有多少？」秦苒靠在牆上，只靜靜地看著他。

卡羅諱莫如深地看她一眼，「南區百分之一。」

秦苒垂眸。

百分之一對馬斯家族來說不算什麼，但對剛邁進美洲的徐家是立足之本。

她靠著牆，指尖隨意地敲著手機，低眸微微思索了一下，才看向卡羅。

「換成南區經濟中心百分之一的市場。」

這百分之一的市場跟馬斯家族隨意分配的百分之一不一樣，抵得上百分之十。

秦苒這一開口，就證明了她十分了解美洲局勢。

南區也是馬斯家族角鬥場的地盤，若能拿到這三年百分之百的管理權，這百分之一的經濟中心市場對馬斯家族來說不過九牛一毛。

馬斯家族要的只是掌管權，卡羅在這方面還是有決定權的，他乾脆地點頭。

「可以，妳說說妳的想法。不要想依靠醫學組織的人，剛剛那位醫師就是醫學組織實驗室的人，這種眼傷只能自行恢復。」

卡羅原本以為秦苒會介紹什麼醫生給他。

然而秦苒只是看了他一眼，又垂眸想了一會兒，才開口：「我需要你們回地下角鬥場幫我拿個東西。」

她壓低聲音，跟卡羅說了幾個字。

剛說完，程木就拿著手機往外走，朝秦苒揮揮手機。

「秦小姐，雋爺找您。」

「知道了。」

秦苒頓了頓，才把手插進口袋，往屋內走。

門外，卡羅還站在原地，似乎愣住了。

「卡羅先生，你沒事吧？」

程木把電話掛斷，伸手在卡羅面前揮了揮。

卡羅這才反應過來，抬起眼眸朝程木看去。頓了一下，他搖了搖頭，拿著手機才匆匆離開。

*

秦苒回到大廳，徐家還有基地的一行人都還圍在拳王伯特身邊，目光中充滿敬仰、敬佩還有震撼。

程木也跟在秦苒身後回來，圍在桌旁的徐家人看到秦苒，都不由自主地讓出一條路。

程木彷彿沒有察覺到，他看向伯特，「拳王先生，你的拳力指數多少？」

拳力指數？

徐二叔等人不由一頓，面面相覷，這又是什麼名詞？

伯特看了眼秦苒，才回程木，「我每天都會測拳力指數，上次是一千五百九十八，還沒突破一千六。」

程木：「……」

一直覺得一千就很厲害的他不由得看向秦苒。

「放心，你還有成長的空間。」秦苒拍拍他的肩膀，然後禮貌地跟大廳裡的人道別，「我先上去休息。」

經過這一番波折，已經凌晨三點，說完後，她直接上樓。

秦苒看起來高冷、不好接近，除了程木，跟其他人都沒說過什麼話。

伯特看著她上樓的身影，深邃的目光中閃過一絲疑慮。

沒有人不崇尚實力，尤其是美洲地下拳王這種人。徐家找來護衛都身懷絕技，眼下都是伯特的狂熱粉絲。

「伯特大人。」徐家一個年輕人激動地開口，「一千五百九十八是不是很厲害？」

「整個美洲，明面上超過一千五的不過五個人。」伯特沒開口，但他身邊的手下抬著下巴說道。

徐搖光眼裡帶著驚訝。

伯特一開始還安靜地坐著，等秦苒上樓後，他就坐不住了，待了幾分鐘就離開，只留下徐家一行人還站在原地。

第八章　第三百三十六次擂台賽

又過了一天，二月十號。住在二區的徐家人很早起來。

時間到了，徐二叔跟徐搖光都在樓下大廳等著，大概過了幾分鐘，程木就從樓上下來。

「秦小姐呢？」

徐二叔看向他身後，沒看到秦苒，不由得一頓。

程木面無表情地搖頭：「她昨天晚上跟我說今天有事就走了，大概晚上會回來。」

「她能去哪裡？」徐二叔不由得皺了皺眉，有些擔憂，「卡羅先生都說了最近不要到處亂跑。」

有眼的人都知道，最近基地這邊不安全，事關幾個勢力的鬥爭，又在美洲這種沒有規則的地方。

就算是徐二叔跟徐搖光，在沒有卡羅允許的情況下都不敢亂走。

經過前天晚上的事，徐家人對秦苒的態度多少都從忌憚轉變成了一點敬佩。

「沒事，秦小姐不會給你們添麻煩的。」程木倒是不擔心，他混在人群裡想了想，「她可能去美洲賭場了？」

外面北邊是停機坪，南邊是世界最大賭場。程雋很少讓她去，據說那裡烏煙瘴氣。

程木看起來半點都不擔心，徐二叔有些傻眼。

「你不是程少派來保護秦小姐的？」

程木突然覺得被戳到痛處：「……」

不，他只是個園丁。

「先出發去會場吧。」程木看了徐二叔一眼，完全不想繼續這個話題，「秦小姐有可能提前到了。」

＊

美洲南區最大的角鬥場內，聚集了美洲三分之一勢力的大人物。整個觀眾席呈階梯形，環繞四面，幾乎坐滿了將近一萬的觀眾。

今天這場賽事是幾大勢力共同舉辦的，地下角鬥場罕見的拳王會出現。這消息一出來就讓無數拳王粉絲瘋狂，因此今天來的都是角鬥場狂熱愛好者，一票難求。

還沒開始，就能在入口處聽到觀眾的呼喊聲，徐家一行人都被這波熱情嚇到了。

三個入口旁都擺了巨大的「賭」字，這是角鬥場擂臺賽的規則。

觀眾能下注，在美洲由此發家致富的人也不少。

比賽有好幾場，所有人看重的都是第四場，馬斯家族的那場比賽。

角鬥場在半個月前就開始散播消息，雖然有傳出消息說伯特眼睛受傷，但並不影響其他人對他的崇拜。

徐搖光對這些不感興趣，沒有研究。徐二叔跟徐家其他人則都壓了第四場馬斯家族才進觀眾席。

他們有固定位置，就在賽臺北面的前三排，跟卡羅等人坐在一起。

程木大剌剌地坐在馬斯家族一個負責人的身側，沒感覺到什麼不對。

徐二叔坐在程木右側，然後偏過頭，詢問坐在自己右邊的徐搖光。

「小徐少，我們的位置是不是錯了……」

卡羅就坐在他們前面一排，馬斯家族還有大批的人坐在後面。

不是徐二叔看不起徐家，只是此刻徐家的座位太靠前了。

聞言，徐搖光靠著椅背，沒有說話，細細思索下來只想到前天晚上秦苒做的事。

「可能是因為秦苒……」他輕聲開口，一如既往的清冷。

但……隱約有哪裡不對勁。

徐搖光微微皺了一下眉，沒想通。

徐二叔索性不多想，直接看向擂臺中央。

擂臺上空是巨大清晰的立體投影螢幕，保證坐在後面的觀眾能看清楚。

前面三場是其他勢力，雖然不是拳王，但都是角鬥場裡十分出名的狠角色，半空中的投影螢幕能清楚看到擂臺上細微的縫隙。

「這實力……」

徐二叔接連看完三場比賽，不由得深吸一口氣，這些人還不是拳王。

經過幾分鐘休息，穿著黑色西裝的主持人再次出現。

第四場——萬眾期待的拳王之爭！

他手裡拿著麥克風，螢幕上能看到他難掩亢奮的表情。

『接下來就是最令大家激動的，地下聯盟跟馬斯家族的對決！』

『現在有請地下聯盟的哈樂德出場！』

隨著他的聲音，擂臺中央，主持人的左邊緩緩升起一個升降臺。

隨著升降臺升起，螢幕上能看到他頭上的黑色頭盔，刻著金色的雄獅，身材魁梧高大，極具壓迫感。

露出來的雙眼嗜血又充滿殺氣，這是真正混跡在角鬥場中的人。

他一出現，全場沸騰！

「哈樂德！」
「哈樂德！」
「……」
這是有史以來呼聲最高的一次。
連徐二叔跟程木都熱血沸騰了。
「這哈樂德是誰？」
秦苒不在，程木就詢問身側一位馬斯家族的人。
因為程木跟徐搖光一行人坐在第二排，這人雖然沒見過程木，但也對他十分禮貌，激動地解釋：
「這是第二位地下角鬥場的拳王哈樂德！金色雄獅面具就是他的標誌，當初打出名聲後就消失了，沒想到是被地下聯盟收編了！他離開後，伯特才打出名！兩人沒有正面對打過。」
雖然這是地下聯盟跟馬斯家族的對戰，馬斯家族的人依舊忍不住為哈樂德喝彩。
「地下聯盟找來的竟然是哈樂德。」前面，坐在卡羅身側的另一位隊長一下子站起來，「伯特大人的視力恢復了嗎？」
「沒。」卡羅搖頭，「伯特先生的眼睛有舊傷，不能用藥物治療。」

「那伯特大人怎麼跟哈樂德打？他消失了好幾年，誰知道他實力變成什麼樣子了，伯特大人的眼睛還有傷，會影響他發揮實力……」這位隊長不由得頓了一下。

如他所料，此時現場支持的馬斯家族觀眾已經炸了，「竟然是哈樂德！馬斯家族你太讓人失望了！」

座位旁顯示出馬斯家族的賠率是藍色的三點九，這賠率還在不斷上升，很快就到達了九點九。

很明顯，很多人在看到其他人砸了一大筆錢去買了地下聯盟贏之後，也毫不猶豫地賭上身家財產，押地下聯盟贏。

程木正在座位上看著，手機忽然震了一下，低頭一看，是秦苒的訊息。

很簡單，讓他去壓馬斯家族。

程木看了一眼，立刻看了看卡裡的餘額，沒剩多少了。

他直接打開微信，傳了一則訊息給程金。

『**哥，給我一千萬。**』

程金也沒多問，一分鐘後，程木收到了來自銀行的通知。程木收到錢之後轉到賽場帳戶，押了一千零二十萬美金。

「程木先生，你押了這麼多錢，也是押地下……」

身側的徐二叔現在很擔心馬斯家族的狀況，看到程木在這個時候下注，不由得隨意看了一眼。

就看到他押了一千零二十萬這麼大的金額，還以為程木是押地下聯盟。

一看座位上的賠率，他押的竟然是……

馬斯家族！

你瘋了吧？

徐二叔忍不住看向程木，「你沒押錯？」

程木低頭看了看秦苒的訊息，再看看自己押的是藍方馬斯家族，他搖搖頭。

「沒錯，徐大叔，你也繼續加注吧，九點九的賠率，一夜暴富的機會。」

程雋身邊的人都有錢，這一點徐二叔深有體會。

他剛剛下了五十萬的注，已經在心疼了，因此搖頭，「不了。」

「好吧。」程木沒再說什麼，繼續看著賽場。

觀眾席上也有伯特的死忠粉絲，用力呼喊著伯特的名字：「伯特！伯特！」

中央螢幕上，主持人停頓了數十秒才再度開口。

『接下來有請最後一位，來自馬斯家族角鬥場的空白出場！』

隨著他的聲音，右邊的升降臺也緩緩升起。

臺上所有人都看著螢幕，那是一道漆黑的身影，身上穿著寬鬆的黑色練功服，頭上沒有頭盔，只戴著黑色的面具，暗金色加上紅色邊框，似乎勾勒出了火鳳凰的模樣，幾乎是浴火騰空。

身影清瘦，長長的黑髮被黑色的緞帶束在最後面，兩邊寬大的袖口被黑色的緞帶綁在袖口，單手負在身後。

是個女生。

隨著主持人的介紹，她淡淡抬起頭，露出來的一雙眼睛凜冽深邃，殺氣騰騰，又帶著最神祕的色彩。

「那……那是……」

坐在卡羅身邊的隊長不由得站起來，愣愣地看著螢幕。

他就是在角鬥場維護秩序的人，怎麼可能不記得這張面具，這道殺氣騰騰又帶著肅殺的身影。

全場大部分的人看到那個身影之後安靜了一下，然後猛地站起來。

「是空白！」

「空白！」

「是她！」

關注角鬥場的人不可能沒聽過角鬥場裡兩年多前的那個傳奇存在，這幾乎統治了角鬥場一年，讓瑞金都頭疼不已的存在！

僅僅一年就在角鬥場展露鋒芒，吸引了無數粉絲，可在那之後忽然銷聲匿跡，連馬斯家族都找不到她的存在。

在場的觀眾都是關注角鬥場的人，自然能認出來。

「這空白是誰？也是拳王嗎？」

觀眾席上，徐二叔覺得那身影有點說不上來的熟悉，就是一身氣息太過血腥，像是從死人堆中出來的，這讓他感到很陌生。

他不由得問程木，畢竟程木跟秦苒看起來對美洲很熟的樣子。

程木看著中央那道身影，搖搖頭，然後略顯遲疑地問身邊馬斯家族的人。

「那黑衣人是誰……」

「那是空白！黑色火鳳凰就是她的標誌！角鬥場最傳奇的神話，你能想像嗎？」馬斯家族的人連脖子都紅了，「她花了一年時間，從最弱的一級擂臺被打個半死，到站上十一級生死擂臺都沒人敢去應戰！」

「那一年的後半年，她就是角鬥場惡夢級的存在！」

「連伯特大人都有人敢去挑戰，只有她沒有！只要是她的擂臺賽，所有人都用全家生命押她贏，就沒有輸過！」
「百分之百勝率！地下角鬥場牆上記載的百分之百記錄，至今無人打破！」
聽著青年的話，徐家一行人跟程木都愣住。
身後依舊是鋪天蓋地的「空白」呼喊聲呼嘯而來。
坐在程木身邊的馬斯家族青年異常激動，他手撐著座椅扶手，目光看著半空中的螢幕沒移開。
「你們看賠率，馬上就要顛倒過來了！」
他話音剛落，程木跟徐二叔都低頭看手邊的賠率。
確實已經顛倒過來了。
從九點九比零點一，變成了零點一比九點九。
程木看了看賠率，又看了看擂臺上那道黑色的身影，面無表情。
徐家人面面相覷。
只有徐搖光，看著大螢幕上那道黑色的身影，默不出聲。

＊

擂臺上，主持人也忍不住激動：『沒錯！就是百分之百勝率保持之王——空白！馬斯家族他們請來了空白！』

「兩位準備好了沒？」他克制著激動的心，看向身側的兩位詢問。

哈樂德深深看著對面的女人一眼，比了個可以的手勢。

對面的女人也抬了抬手，表示可以開始。

主持人拿著麥克風，右手劃出一道弧度，聲音斬釘截鐵，又隱藏著難以言喻的興奮。

『擂臺賽，開始！』

他直接往後退了一步。

擂臺上，秦苒平靜地看著對面戴著雄獅頭套的男人，左手負在身後，微微彎腰，目光如刀。

「請。」

哈樂德是第二代拳王，這幾年只有進步，沒有退步。

他經過特殊鍛煉的雙拳堅硬如鐵，揮手間所有人都能聽到空氣呼嘯的風聲，速度快到避無可避。

秦苒冷靜地看著哈樂德的手。她已經兩年多沒有打黑拳了，但不代表這些用生命打出來的經驗會忘記。

哈樂德出手的時候，她往旁邊閃了一下，並沒有完全避開那道拳，但左手也直接用手刀砍向哈樂德。

兩人各退一步，哈樂德甚至能看到腳下隱約的裂縫。

程木跟徐搖光看得莫名緊張，誰都能看出來哈樂德的實力不簡單。

『看起來空白跟哈樂德勢均力敵，兩個拳王等級的較量，哈樂德會打破空白的神話記錄嗎？』主持人的聲音透過廣播在場館激烈迴響，『空白往後退一步了！哈樂德的成名技騰空一百八十度的外擺，空白會躲開嗎？空白擋住了！她用雙手擋住了！並殺了個回馬槍！天啊，她的拳力指數超過一千六了嗎？』

砰——！

哈樂德躺在地上，嘴邊已經流血。

主持人數了三聲後，哈樂德沒起來，他忍不住吶喊：『恭喜我們的空白，第三百六十六次擂臺賽——』

『ＫＯ！』

整個比賽持續了十五分鐘，所有人看得目不轉睛。

現場所有人安靜一瞬之後——

「轟」地一聲，全體站起。

「空白！」
「空白！」
各種呼嘯聲席捲而來，猶如雷鳴衝破天際。比賽結束，所有賭注收盤。
馬斯家族勝！地下聯盟敗北！
所有人的目光聚集在哈樂德旁邊的那道身影上，她用手撐著地，從擂臺上緩緩站起來，眉眼依舊感覺得到清冷囂張，右手慢慢抬起，用拇指漫不經心地把沁到面具外面的血跡擦掉，才把手往下壓了壓。
所有呼喊聲戛然而止。
秦苒淡淡地轉身，擰眉朝看臺西面看了一眼，直接從升降臺下去，一句話多餘的話都沒說。
徐二叔不由得摸了一下發寒的背部，「哈樂德好像不敢打下去了……」
身邊馬斯家族的青年看了徐二叔一眼，搖頭：
「她的每一場格鬥都是生死擂臺，在她手下，不認輸，就是死！她在黑街上的不要命是出了名的，每天最少一場生死擂臺，前幾十場生死擂臺都是她的對手死亡，她也整個人被抬下去，三百六十六場比賽無一敗，幾乎是神話。
這是她為什麼不是拳王，卻勝似拳王的原因，她的拳力指數能瞬間爆發到一千六以上，這數字比她前兩年還要高出一百，要拿命拚……哈樂德他不敢！」

打生死擂臺之前是要簽生死狀的，向來沒有江湖道義，誰狠、誰更不要命，誰就可能贏。

簽生死狀的大多數人都是走投無路來賭博的，就連哈樂德跟伯特，也只是在實力到達後，才在生死擂臺上打出了拳王的名號。

一開始，空白的每場比賽，觀眾都是抱著她必死的心態欣賞的，結果次次逆轉，到後來，即便她從第八級的擂臺直接跨越到第十級，都沒人敢押她輸。

只要是有她的賽場，押贏就對了。

黑街的角鬥場裡還是第一次出現這樣的人，她是在角鬥場所有人的見證下，一次次浴血奮戰成名的。

沒有十足的把握，哈樂德敢跟一個瘋子拚命？

一直目不轉睛地看著擂臺上的徐家管事轉過頭來，抹了一把臉，開口。

「你們有沒有覺得她很眼熟？」

擂臺上的那女人骨子裡的囂張還有纖瘦的身形，確實有點眼熟，但那暗黑的戾氣也讓人退怯。

前面一排的卡羅往後面走了兩步，將一份文件遞給徐搖光。

「這是徐家在美洲的市場，經濟中心的百分之一。」

這跟之前卡羅說的不一樣。

經濟中心的百分之一，任誰都知道這裡面隱藏的巨大利潤。

「卡羅先生，你們怎麼突然改變比例了？」徐搖光問道，腦中卻有一個想法漸漸成形。

卡羅只看著徐搖光笑了笑，沒回答，拍拍他的肩膀後直接離開。他還有很多其他事情要處理。

徐搖光抿著唇，面容依舊清冷，他轉身定睛看向程木。

「你們家秦小姐呢？」

程木看到自己帳戶收到了一億多美元，聽到聲音，他抬頭，面無表情。

「在房間睡覺。」

徐搖光跟程木比較熟，自然敢肯定那人就是秦苒。徐家大部分的人都沒跟秦苒說過話，很難認出來。

一直在思索的徐二叔聽到徐搖光的話，猛地抬起頭，腦子裡的想法搖擺不定，有些艱難地說：「小徐少，你……你的意思是……」

今天若是伯特上場，結果肯定是未知數。

但臨到比賽關頭，秦苒消失，空白出現，贏了這次的市場劃分，徐家得到了最大利益。

徐二叔忍不住抬頭。

擂臺上只剩下主持人，但半空中的大螢幕上依舊是那道黑色身影。

一手按著嘴角的血，頭微微歪過，被綁在腦後的黑髮隨著風微微揚起，目光如刃。

*

觀眾席西區內部主座席——

「楊先生，我失敗了，請您責罰！」哈樂德拖著一條腿，「砰」地一聲跪在地上，說話的聲音顫抖。

他十年前剛成為拳王，就被地下聯盟招攬了，即便現在在地下聯盟混上了高位，依舊對面前這男人懷有發自內心深處的恐懼。

背對著他的人身影修長，穿著雪白的毛衣，雙手揹在身後。

聽到聲音，他沒有轉身，燈光映照在他的側臉上，留下一層淡淡的陰影，抬起的手拿著青色茶杯，裡面的茶水乾淨透澈。

他低頭，淺淺喝了一口，語氣風輕雲淡，又有些溫潤如玉。

「她實力如何？」

「她不怕死。」哈樂德抿唇。

男人微微頷首，「我知道了，下去吧。」

聽到這一句，哈樂德愣愣地抬頭看向對方。

不敢置信，他犯了如此嚴重的錯，這位手段狠辣的人……只以一句輕飄飄的「下去吧」就過去了？

哈樂德愣了一秒，連忙爬起來，滾了出去，並輕輕關上房門。

門外是地下聯盟的人，對於外界崇拜的拳王哈樂德如此狼狽的樣子，這些人半點也不意外。

屋內，哈樂德離開後，男人才抬頭露出一張玉色天人的臉，溫潤的氣息漸漸壓下，猶見梅梢三寸雪。

正是楊殊晏。

啪——！

手中的杯子被他捏得粉碎，空氣中喧囂著難以言狀的寂靜，透澈的茶水摻雜著點點血跡，順著他的手流下，淌到地板。

「楊先生……」

身邊的手下往前走了一步。

楊殊晏低頭看自己的手，眼睫顫動，「讓情報局分堂的人連絡我。」

「是。」

五分鐘後，一個中年男人的視訊通話接通，他恭敬地開口：『盟主。』

楊殊晏轉過身，他閉了閉眼，半晌後抬眸，開口：「三年半前她死亡的消息……是怎麼確認的？」

楊殊晏口中的「她」，畫面中的中年男人不用猜就知道是誰。他看著楊殊晏，一愣。

『盟主，你……』

「怎麼確認的？」楊殊晏打斷他。

楊殊晏一直覺得自己過於寡淡，但這是他第一次對一個人執著到這種程度，甚至於地下聯盟這兩年都幾乎淡出美洲了。

中年男人能坐到如今這個位置，自然也會察言觀色，知道楊殊晏溫潤出塵的表面之下是一顆怎樣的心。

聽到楊殊晏這一句話，他心底一顫：

『當時貧民窟大火，我們派人查了周圍所有監視器，死了六個人，沒有看到有人逃出來。她手機的ＳＩＭ卡最後被查出來的定位也在那邊……』

最重要的是，中年男人覺得她活著的話，不會不來連絡他們。

「是嗎？」楊殊晏眸色深沉，他看著中年男人，目光冷漠。

『您不會還懷疑是秦小姐吧？』中年男人擰了擰眉頭，『可您也知道，她不可能，她本就是雲光財團的人，還是老盟主認的乾女兒……』

楊殊晏抿唇，伸手從口袋裡拿出雪白的方巾，慢慢把自己手上的水擦乾淨：「角鬥場的空白，把能調查到的資料全都給我。」

地下聯盟有駭客，但沒有一個強大的資訊系統，只有龐大的根基，在這種時候找馬斯家族調查最好，但楊殊晏不相信馬斯家族。

他掛斷跟中年男人的通話，拿出手機，撥出一通電話。

三秒鐘接通後，那邊沒有說話，楊殊晏也不管，淡淡地開口：「爸，跟你說一件事。」

*

徐家人回到二區的時候已經是傍晚了，基地的傭人把飯擺在桌子上。

程木去敲門，秦苒果然在睡覺。

「秦小姐，妳沒事吧？」他站在秦苒門前問了一句。

哈樂德雖然輸了，但他下手也挺狠的，畢竟是拳王，秦苒在螢幕上抹掉嘴邊鮮血的時候，程木看得清清楚楚。

這點傷對秦苒來說不算什麼，她搖頭，手抵著唇，又擰眉。

「拿上來吧，我就不下去了，你別跟程水他們說。」

程水知道，程雋肯定就會知道。

程木看了她一眼，心想這麼大的事情，程水恐怕早就有消息了，但還是點頭。

「好。」

程木走下樓，樓下有兩桌人，徐搖光跟徐二叔在同一桌，兩人身邊留了兩個位置。

「幫秦小姐留一份就好，她在寫論文。」程木解釋了一句。

徐家其他人沒在意，畢竟秦苒就是物理系的，她寫論文、做實驗都再正常不過。

徐搖光朝樓上看了一眼，略微擰眉。

「程木先生，謝謝你。」另一桌的人朝程木舉杯，「我今天聽了你的話，後面把一半的存款都下注，贏了三百萬！」

程木算了算，那人有六十萬的存款。

他看了那個人一眼，「喔」了一聲，不說話了。

說起這個問題，另一個人就忍不住後悔，然後又嘆息。

「說起來，程木兄弟，你怎麼知道馬斯家族會贏？還有空白，竟然是個女人，我沒有楓葉瀏覽器，搜不到角鬥場的資訊，我決定從今天開始，空白就是我的偶像了！」

有時候建立起兄弟情誼就這麼簡單。

一場賭博之後，程木就跟徐家大部分一起來的手下產生了兄弟情誼。

程木低頭吃飯，悶聲開口：「我猜的。」

徐家護衛隊的大隊長認真點頭，「確實非常厲害。」

徐家這次來的人大部分都是練家子，和程青宇等人一樣崇尚實力，在這之前本來就十分敬仰伯特，眼下又因為空白的出現，敬仰和注意力一起轉移到了空白這個人身上。

聽著他們的對話，徐二叔終於忍不住抬頭，「你們不覺得她很像秦小姐嗎？」

臉可以遮住，但身形遮不住，有些跟她比較熟的人，幾乎只看一個背影就能認出來。

徐二叔跟秦苒算不上熟，但因為ＩＣＮＥ跟繼承人的事，他對秦苒十分關注，雖然不相信秦苒，但不可否認秦苒的實力。

「您沒事吧？」護衛隊隊長看向徐二叔，一頓，「馬斯家族的人說那位空白兩年前就在角鬥場出名了，那個時間，秦小姐還在讀高中吧，怎麼會出現在這裡？關鍵是，她可是研究院的人才……」

一般研究員都是身嬌體弱的，他深有體會。

徐二叔沒有再說話，這一點也是他的疑慮，按照秦苒的資料，她一直在雲城，跟美洲能有什麼關係？

＊

程木走後，秦苒扯了扯被子，想再睡一下。

忽然間，她猛地睜眼，房間內很黑，光線被窗簾遮掩得嚴嚴實實，她直接看向窗戶的方向。

半晌，抿抿唇，一句話都沒說。

她打開床頭燈，穿著拖鞋慢吞吞地走到窗戶邊，拉開窗簾。

隔著玻璃，能看到半坐在窗戶上的清雋人影，正一動也不動地看著她。

秦苒在心底暗嘆一聲，什麼也沒說，伸手按了下保險栓，拉開窗戶讓人進來。

「誰告訴你的？」秦苒往後退了一步，抬起頭。

來人正是程雋。

他看起來跟往常沒什麼兩樣，穿著黑色大衣，雙腿修長，眸色斂著。

秦苒本來在想，程雋最近在關注駭客聯盟的事情，大概不會分心到她這邊，畢竟按照程雋所說，駭客聯盟恐怕會大換血，所以才讓程木瞞著他，畢竟程木認出她是再正常不過的事。

誰知道，程雋不按常理出牌。

秦苒低頭，角鬥場這件事，她之前不想讓程雋知道，但徐家那天晚上因為她，多少受到了連累。伯特的眼睛會遭到氣浪衝擊，跟徐搖光在三樓找她浪費了幾分鐘有關係，然後徐搖光跟徐家人又冒險回來找她。

秦苒現在不想跟其他任何男性再扯上關係，徐搖光的這個人情她絕對要還得徹底。情況太緊急，她就直接代替伯特出場，並替徐校長獅子大開口。

角鬥場的這個身分其實算不上什麼，頂多讓瑞金頭疼了半年，也不算在美洲攪渾水。

只是此刻瞞不住程雋了，這是秦苒十分遺憾的一點。

她正思索著要怎麼跟程雋解釋這一年的事，程雋卻沒有問她。

他站在窗口旁，看著她半晌才伸手，用雙臂抱住了她，低頭用臉輕輕蹭了下她的頸窩。

「妳把事情鬧得這麼大，我怎麼會不知道？」

秦苒有些遲疑。

那程雋也來得太快了吧，不過暫時她沒想這些，只開口：

「我……」

她剛想說角鬥場的事，外面就有人敲門。

程雋鬆開手，平靜地走到門邊。

站在門外的是程木跟徐搖光，程木手裡拿著托盤，而徐搖光落後程木一步。

程雋半打開門，整個人擋住了門縫，讓人看不到屋內的情況。他也沒看向徐搖光，直接朝程木伸手，語氣低斂。

「給我。」

程木連忙把手中的托盤遞給程雋，關上房門。

程木打電話詢問過亭瀾的廚師，然後替秦苒準備了清淡的飯湯還有粥。

程雋一看就知道粥裡加了哪些藥材。

他抿抿唇，把粥擺在桌子上，盛好，偏頭看她，眼神溫暖了些許，手放在她的頭上，輕聲開口。

「先吃。」

從進來到現在，什麼都不問。

秦苒一手拿著湯匙，一手拿著碗，吃了一口後抬頭看了他一眼，老實開口。

「就是我打過一年黑拳，那時候知道了我外婆的病情，受到了一些刺激，又跟人打了一架……」

程雋從顧西遲那裡得到了大部分的答案，還找瑞金要了影片，但聽到秦苒說得這麼淡然，心臟還是像被針刺了一下。

他點頭，笑了笑，「我知道，空白嗎？很厲害。」

程雋拿出秦苒的背包，翻出一盒藥，倒出兩粒讓她吃下。

*

程雋跟唐均通話的時候，秦苒枕在他的手臂上睡著了。

程雋靠在床頭，把棉被往上拉了拉，才壓低聲音說：「唐老。」

唐均好幾天沒睡好了，按了下眉心，『你明天不來了？』

「嗯，有點事。」程雋平靜地說。

那邊的唐均只是頷首，他看著漆黑不見星光的天。

『也好，明天也沒什麼贏面，趁我還活著多培養幾個後代。』

兩人心裡都有事，聊了兩句就直接掛斷電話。

程雋伸手把床頭燈關掉，這才微微低頭，打開微信。

置頂的人是秦苒。

他點開聊天頁面，停留在他們最後一次的對話。

『連這都沒有興趣了？妳還對什麼感興趣？』

——『你。』

這種直白又讓人無法抵擋的話，讓程雋差點在唐均面前失態。

程雋為什麼能這麼快趕到這裡？

大概是他看到這句話之後，當場就想走，只是礙於跟唐均的交情，他又留下來一天處理唐均的舊傷就趕過來了。

程雋握緊拿著手機的手。

過了半晌，他才拿著手機，直接點開程水的大頭貼。

『無論用什麼辦法，連絡一二九的孤狼，我要知道寧海鎮七一二被隱藏的一切。』

傳出去後，他返回點開通訊錄，在封樓城跟潘明月的手機號碼間徘徊。

沒有立刻撥出去，只是低頭看了看秦苒，剛要抽出她枕住的手臂，秦苒的眉頭就擰了一下。

程雋立刻關掉手機，把手機輕輕放到床頭的櫃子上，另一隻手輕輕摟住她，輕嘆一聲，溫聲開口：「睡吧。真不該讓妳來的。」

睡夢中，秦苒無意識地朝清冽的氣息靠近了些許。

與此同時，美洲影視基地——

秦修塵拍完夜戲，坐在劇組旁的一間飯店內，對面正是唐均的心腹——老李。

「秦先生，我也不跟你周旋了，這次來是為了秦陵小少爺。」老李直截了當地說：「秦陵小少爺的天賦，我想你們也不想浪費，說實話，你們秦家除了那位秦老爺，其他人都很一般。秦陵小少爺交給你們是浪費天賦，我們老爺想要親自培養他。」

秦修塵抬頭，沒有替秦陵拒絕也沒替他答應，語氣很有禮貌。

「這件事我要詢問小陵的意見。」

「詢問秦陵小少爺是應該的。」老李點頭，神色嚴肅，推心置腹地說：「秦先生，希望您認真考慮，這件事對秦家對秦陵小少爺都是好事，如果考慮好了，請打給我。」

老李知道，秦家是秦修塵在管事，雖然他們更聽秦苒的話，但老李連絡不到秦苒，就算能連絡到，他也知道秦苒不太想管。

和秦修塵說完，老李回到唐家時已經是深夜。

今天的唐均沒在駭客聯盟，一樓的燈還亮著。

「老爺、大少爺？」老李看向唐家一行人，略顯疑惑。

「老李。」唐家大少爺看向老李，十分激動地說：「你來看看，這是雲光財團那位首席工程師剛剛發的動態，二弟從來不說雲光財團的事情，今天這個是公開的工程，我們正在研究。」

老李疑惑地往前走了走，朝電腦上看。

唐家大部分的人都是電腦狂。

「這個 poppy 大師是業界清流，那麼多機密都發了出來，雲光財團也不阻止。不過也對，這樣一個怪人，雲光財團怎麼會干涉他，他要是跑了怎麼辦？」唐大少爺偏頭，朝唐均道，「我對這個大師真是太好奇了，不知道究竟是什麼人。」

唐家這位大少爺捫心自問，若是自己，絕對不會公然發出來。

唐均看了他一眼，沒說話，只轉身示意老李上樓。

老李眼下揪心的是將要來臨的駭客聯盟問題。

兩人待在樓上書房。

「會長。」老李彎腰。

唐均轉過身來，眉眼微動：「秦修塵怎麼說？」

老李如實稟報。

秦修塵的反應在唐均意料之中，他看重秦陵，但實際上，他更看重的是秦苒。

自從上次陸知行的事情後，唐均就沒再連絡過秦苒，不知道要用什麼態度面對她，但妹妹有這樣的後代，他難掩自豪。

唐均傳了一則訊息給秦苒：

『我覺得妳可以走電腦這條路，妳從小就對電腦就有那麼強的天賦，這樣太浪費自己的天賦了。』

*

秦苒的手機被程雋關靜音了。

收到這則訊息時，已經是次日早晨，她坐在床上看著這則訊息半晌，最後回了一句「謝謝」。

早就在機場看到陸知行的時候，秦苒就知道雲光財團的事不可能瞞得了唐均。

不過，陸知行說過他爸是駭客聯盟會長，程雋跟駭客聯盟會長還是忘年交。

秦苒拿著手機，掀開被子下床，微微思索。

程雋剛打開房間的浴室門出來。他剛洗好澡，一夜過去，表情看起來跟以往一樣，帶著些許慵懶靠在門邊看她，正擦著頭髮，眼眸溫暖了幾分。

「怎麼了？」

「啊。」秦苒抬頭，穿上拖鞋，「就是突然想起我那個舅公……」

「嗯，我知道。」

程雋點頭，他聽秦苒說了，不過兩人都不在意。

「你不知道，他是駭客聯盟會長。」秦苒繞開他，走到洗手臺拿起牙刷。

程雋擦頭髮的手頓了一下，他轉頭，認真地看著鏡子裡的秦苒好幾秒，眉目清然，最後失笑。

「不是吧。」

那他憑空又矮了多少輩？

秦苒刷牙，挑眉。

「那妳今天要去看他嗎？」程雋往裡面退了兩步，伸手從背後抱住她，看著鏡子裡的人輕笑道：「他今天要退休了，正在煩惱黑鷹是個反社會人物，要不然妳去替他接管駭客聯盟？」

秦苒的聲音含糊不清，「駭客聯盟這種存在早該被擊垮了。」

馬修恨不得把美洲的暴力勢力一網打盡。

程雋也料到秦苒的反應，手微微收緊，「那今天回國？」

「你沒事了？」秦苒詫異。
「昨天處理完了。」
程雋下巴抵著她有些凌亂的頭髮，淡淡一笑。

*

樓下——
早飯時間，徐搖光還有些失神。
徐二叔主動詢問程木：「要不要送飯去秦小姐的房間？」
程木還沒回答，就看到徐搖光朝他背後看去。程木也回頭，就看到程雋跟秦苒一前一後從樓梯上下來。
徐家眾人對於在這裡看到程雋十分驚訝，要是沒記錯，這裡是馬斯家族的基地吧，程雋怎麼會悄無聲息地出現在這裡？
徐搖光昨晚就見過程雋，此時沒有驚訝，唯有沉默。
徐二叔反應過來，連忙讓了一個位置給程雋。
「我今天回國。」

秦苒坐好，先跟徐搖光和徐二叔說了回國這件事。

徐搖光的手一頓，看向秦苒，目光清澈。

半晌後，他抿唇：「這麼快？」

程雋隨手倒了杯牛奶，遞給秦苒，聽到徐搖光的聲音，他才微微瞇眼，瞥了徐搖光一眼。

秦苒頷首，「是。」不多做解釋。

程雋會要她這麼早回國，原因秦苒猜得到，她自己也不想在這裡多留。

一頓飯下來沒有什麼閒聊。吃完，徐二叔才看向程雋。

「三少，我連絡一下卡羅先生。」

這邊危險，之前又發生過爆炸的事情，徐二叔擔心那兩人的安危，有馬斯家族的人護航會安心一點。

程雋早就連絡了程水，他不緊不慢地看向徐二叔，先道了謝才開口拒絕。

徐搖光看他一眼：「確定不讓他們送？這邊不太平。」

「不用，我的人在這邊。」程雋風輕雲淡地說。

聽到這一句，徐搖光詫異地看了程雋一眼，然後點點頭，沒再說什麼。

程木已經拿著箱子從樓上下來了。

徐搖光還要留下來處理市場的事，並等徐家交接的人過來，這時候自然不能回去。
徐家一行人看著那三人離開。
徐二叔略顯遲疑地開口：「基地的人竟然沒攔住程三少？」
徐搖光沒回應，徐家其他人也面面相覷。
尤其是……程雋究竟是怎麼悄無聲息進來的，馬斯家族不是很厲害嗎？
一行人正疑惑著，基地內部，有幾人匆匆朝這邊趕過來。
徐家護衛隊的大隊長認出帶頭的人正是伯特，激動地說：「伯特大人！」
伯特點點頭，朝前方看去，沒看到什麼，偏頭詢問徐家眾人。
「空白人呢？聽卡羅說她走了？」
大隊長一愣，「什麼？」
「就是跟你們在一起的那位秦小姐。」伯特有些懊悔地一拍額頭，「她走了？」
徐搖光垂在兩旁的手捏緊，他回頭朝伯特看了一眼，頷首，語氣清冷：「她回國了。」
「竟然真的回國了。」
伯特看著大門口的方向，眼神中難掩失望。
而站在徐搖光身邊，早有預料的徐二叔此時此刻終於倒吸了一口氣。
他就知道……

不然他們徐家昨天哪能坐在前三排？思來想去，也只有秦苒這個變數。

伯特皺眉，遺憾地開口：「來晚了一步。」

等等，伯特的意思是……空白就是秦小姐？

大隊長和跟出來的徐家手下相互看了一眼，目瞪口呆，腦子一片混亂。

*

京城跟美洲的時差有八個多小時，此時還是晚上，接近十點。

天堂俱樂部的二樓包廂裡面有不少人，燈光有些黯淡。

「封大哥。」潘明月看了看時間，推一下眼鏡後小聲地開口，「我想回去。」

封辭點頭，他今天會來這裡，只是想介紹潘明月給幾個兄弟。

「是不是不習慣？」封辭低頭看她，「以後儘量不帶妳來這裡。」

潘明月在封辭眼裡一直都是埋頭苦學的乖乖女，不然封辭也不會現在才帶她來見朋友，就是怕她不習慣。

若不是燈光昏暗，封辭一定能看到潘明月那雙在粗框眼鏡下的眼睛十分平靜，沒有一絲忐忑。

「明月要回去了？」

林錦軒一直在旁邊淡淡地喝酒，聽到聲響，他朝這邊看了一眼。

因為秦苒的關係，他對潘明月一直很好。

潘明月微微頷首。

三個人正說著，對面拿著菸袋，一頭波浪捲的女人終於抬起頭。她吐出煙圈，看了一眼潘明月，神色慵懶。

「封辭，你的眼光現在就這樣？今天是我的復出局，才剛開始你們就要走？」

她伸手，在桌子上敲了敲菸袋。

「是啊，今天是雙寧的復出局，你們兩個給她點面子。」一旁的兄弟勸道。

封辭沒回答，只是低頭看著潘明月，大概是在等著她的回答。

對面的李雙寧緊握著手。

封辭是封樓城的獨子，雲城最出色的年輕一代，向來高傲清冷，就算兩人交往過幾天，李雙寧也沒想過封辭會為誰低頭。

潘明月沒有回答封辭，只是看向李雙寧和與她同排的兩個男人。

「你們在抽什麼？」

「哼。」李雙寧的喉嚨裡發出幾聲低笑，眸色卻很冷：「小妹妹，妳要不要試試？」

潘明月抬頭，一雙漆黑眼睛看向李雙寧，沒有說話，只是拿出口袋裡的手機。報警。

「妳幹什麼？」李雙寧坐直。

潘明月抬頭，聲音一板一眼地說：「報警。」

她說話的同時，已經撥通了電話。

李雙寧直接站起來，臉色一變，直接將菸袋朝潘明月砸過去。

「妳他媽有病啊？」

她是一個藝人，要是進了警局就再也洗不清了，會成為永遠跟隨著她的黑歷史。

她好不容易才擺脫言昔跟秦苒的陰影復出啊。

封辭伸手接住李雙寧的菸袋，警告地看了她一眼。

他隨手扔掉菸袋，這才低頭牽起潘明月的手。

「我送妳回學校。」

潘明月有些抗拒他的接近，封辭能感覺到。

林錦軒跟在他身後出去。

發生了爭執，包廂內喧鬧的聲音也漸漸消失，沒人敢說話。

等離開包廂，去停車場開車時封辭才笑了一聲，他看著潘明月。

「沒想到妳還有點心機。」

他以為潘明月是在嚇李雙寧，卻沒想到，聽到他這句話後，潘明月只抬頭，直直盯著他。

封辭斂起笑容，他低頭神色嚴肅地說：「妳是認真的？」

「我已經報警了。」

潘明月抿著唇，陰影中，她的表情模糊不清。

「我知道了。」封辭頓了一下，他點頭，認真地看向潘明月，「我以後會跟李雙寧保持距離，今天我真的不知道她在這裡。」

要是知道，絕對不會帶潘明月來。

說完，他打電話給包廂內的一個兄弟。

「封大哥，我不是因為她是你前女友才報警的。」潘明月抿唇。

「我知道。」

封辭打開副駕駛座的門，讓她坐進去，自己坐到駕駛座上。

潘明月沒有扣上安全帶，只是偏頭一字一頓，有些執著地開口。

「是他們違法。」

封辭口袋裡的電話不斷在響，應該是那些兄弟，他發動車輛。

「他們有錯，但……明月，這只是件小事。」

潘明月沒再說話。

車很快就開到京大的女生宿舍，封辭下車，繞到副駕駛座想要開門，卻沒想到潘明月已經自己開門下車了。

「我知道妳要考稽查官，但這件事並沒有鬧大，明月，妳別無理取……」

封辭還未說完，潘明月抬頭：「封大哥，我先回寢室了。」

她二話不說，轉身進了女生宿舍。

封辭皺著眉頭，站在副駕駛座旁，忍不住拿了一根菸咬在嘴裡，眉宇間透露著煩躁。

有不少人打電話過來，他都掛斷了。

最後一個是封夫人，封辭接起。

『你還跟那個女人在一起？』封夫人這次提起潘明月，沒有以往的挑剔，只是冷笑：『事情的經過雙寧已經跟我說了，兒子，你不覺得她的生活圈跟你差太多了嗎？這差距你今天應該感覺到了吧。以後你們的矛盾只會越來越多，她那種家庭就是一個無底洞。總有一天會拖垮你。』

「媽，除了她沒有別人了。」封辭將菸熄滅，冷靜地開口。

*

凌晨兩點，在離京大邊界一間公寓不遠的地方。

亮紅色的跑車內，挑染著一簇紫毛的男人拿著手機。

「江東葉，明天別使喚我去送東西，你不睡老子還要睡！」

他直接把手機扔到一邊。

現在這個時間，路上基本上沒什麼人，只有車。

車緩緩地往前開，在公寓大門旁看到一道身影。

她蹲在路燈下，頭埋在雙腿間。

唰啦——

剎車聲響起。

陸照影停下車，站在那個人面前，皺了皺眉。

「妳這麼晚了在這裡幹嘛？」

對方沒有說話，也沒抬頭。

陸照影意識到有什麼地方不對勁，他蹲下來。

「潘明月？」

＊

京城時間早上八點多，秦苒到達機場。

程雋看她一眼，「要先去徐家？」

秦苒「嗯」了一聲，「先看徐校長。」

程雋點頭，讓人把車先開到徐家。

他推算著到徐家的時間，然後拿出手機，垂眸看了半晌，打了通電話給封樓城。

徐家——

秦苒本來想在飛機上寫ＩＣＮＥ的後續論文，投稿到ＳＣＩ期刊，卻被程雋制止了。她因此又睡了一覺，此時看起來精神很好。

徐校長站在迴廊上，詫異地看著她。

「為什麼這麼早回來？」

他很清楚，以秦苒的天分跟影響力，只要時間一久，徐家的中堅力量肯定會認同她。

在美洲發生的事情，徐家本家還不知道。

重要的是，百分之一的經濟中心授權跟合約還沒下來，徐二叔打算等今天馬斯家族發了合約後，再告訴徐家這個驚喜。

「有點事。」

秦苒抱歉地看了徐校長一眼，她知道徐校長從頭到尾都在為她謀劃。

徐校長搖頭，不糾結於這件事，他將手揹在身後，沉吟半晌。

秦苒看出他有話要說，安靜地等著。

徐校長醞釀好後，開口道：「苒苒，妳知道妳外公的事情嗎？」

秦苒抬頭，挑眉看向徐校長，一直盤旋在腦海中的疑慮終於有了解釋。

難怪徐校長一直都對她這麼信任。

「您知道我外公的事？」她抬頭。

「看來妳也知道，他當初是被人逼走的。」徐校長沉默了一下，看向秦苒，「事關很多勢力，以後妳會知道的。我今天要跟妳說的，是妳外公以前的學生跟部下，有他們在，方震博絕對不敢倚老賣老地噁心妳。」

至於徐家，徐校長看得出來徐搖光肯定不會忌憚秦苒，他甚至讓秦苒跟徐二叔等人一起去了美洲，雖然秦苒很快就回來了。

想到這裡，徐校長不由得搖頭，他以前曾有撮合徐搖光跟秦苒的想法，可惜當時徐搖光拒絕了。

子。

「他的學生跟部下？」

秦苒一頓，她對外公的記憶停留在小時候，但依舊記得對方手把手教她做實驗的樣子。

半晌後，她搖頭：「我不知道他們是誰。」

徐校長也不知道寧邇當時有哪些學生。寧邇當時祕密進行研究，連寧邇的家人都不知道他平時會跟什麼人接觸，更別說徐校長了。

「當初有幾個人為了維護妳外公，差點退出研究院，要是知道妳是寧先生的後代，他們肯定會很激動，也是了了一樁心願。妳外公沒有留下什麼東西給妳嗎？」

寧邇的後代幾乎不輸於他。只要是寧邇一派的人，看到她這個後代肯定很激動。

聽到後面這句話，秦苒抿唇。

有。

她外婆硬留給她的盒子，至今都沒有打開。還有京大醫學實驗室的電話號碼，她只打過一次。

京大的醫學實驗室她也只去過一次，是去鑑定陳淑蘭的實驗用藥。

陳淑蘭臨終前，留下了幾樣東西，秦語跟沐盈都沒拿，寧薇也沒有。那幾樣遺物都在她跟沐楠這裡。

秦苒看著徐校長，半晌之後才頷首。
「我知道了。」
陳淑蘭當初寧死都不踏入京城一步，也從來沒有跟她提過半點在京城發生的事。
「既然回到京城了，妳最近一定要跟著程家三少，沒事不要離開他半步範圍內。」徐校長一邊說，一邊朝門外看了看，「怎麼沒看到他？」
「他在外面等我。」秦苒聽著徐校長的話，斂下眸子。
「好。」
徐校長心裡清楚，程雋雖然在京城看起來無所事事，但人深不可測，否則當初在雲城，徐校長也不會請程雋多罩著他的繼承人。
程雋肯定能認清現在的局勢。
「老師，那我先走了。」秦苒歪過頭。
徐校長還有其他事，就送她走出大門。
徐管家站在徐校長身後，看著她的背影，一頓：「老爺……」
半晌，徐校長才喃喃地開口。
「當初秦家那老爺剛正不阿，暗地裡幫寧邇，你看現在的秦家……不知道搖光這一趟美洲之行如何？」

徐校長抬頭看著灰色的天空，京城大部分的勢力都在猜徐家是為了跟程家競爭京城第一家族的位置，卻不知道他想透過美洲的勢力自保。

「老爺，家族會議那邊還在等你。」

徐家早上有場會議，聽到秦苒突然回來，徐老把會議往後推遲了三十分鐘。

他回到大廳，不出所料，這些管事還在說秦苒的問題。

「家主，我早就說過，不能相信一個外人接管研究院，人都會有私心的，就算秦苒再高尚，我也不相信她不會對偌大的研究院動心。」一位徐氏的股東站起來，直接開口：「這還不到兩天，就被小徐少遣送回來了。」

徐校長坐在主位上，對這個人的話沒有表態。

若不是因為當初寧邇離開京城，物理研究院院長的位置也輪不到他來坐。

「家主，請三思！」

「是啊，家主……」

徐家會議廳裡的一行人正說著，徐管家從外面進來，他拿著手機，一臉驚訝地站在大廳門口。

「老……老爺，小少爺那邊打電話來了……」

聞言，徐老淡定拿著茶杯的手一頓，看了徐管家一眼，眸色漆黑。

「他怎麼說？有沒有成功拿下？」
美洲的命脈是徐家最近兩年策劃的大事。
徐管家一開口，所有人的目光都朝他看來，暫時忘了他們忌憚的秦苒。
徐管家頓了一下，「小少爺說秦小姐……」
剛剛說話的股東一拍桌子。
「我就說有她在，根本就沒用，還只會幫倒忙！」
「不是，我們徐家不僅拿到了百分之一的市場，還是經濟中心的市場權，他們剛拿到合約就打電話給您了，但您沒接到，所以打來我這裡了。」
徐管家連忙把手機遞給徐老。
徐家其他人微愣，「百分之一的經濟中心市場權？這……這怎麼可能？」
就算是百分之一的普通占權，徐家當初也付出了不少代價才取得馬斯家族的信任，現在怎麼會直接拿下經濟中心的市場權？
走狗屎運了？
徐管家深吸了一口氣，有些無力地解釋：
「好像，大概是因為秦小姐……」
說著，他把徐搖光跟他說的話，對徐家一眾領導階層的人重複了一遍。

「秦小姐沒跟卡羅先生要求任何報酬，只讓他們把百分之一的經濟中心市場權給徐家，要不是她，別說這百分之一的經濟中心市場權，連邊角權都不會有。」

說完，大廳裡靜悄悄的，沒人再說什麼。

誰都知道，現在這個時候，徐管家跟徐搖光都不會對這種大事說謊。

如果是謊言，肯定很快就會被戳破。

剛剛大拍桌子，死也要把秦苒從研究院繼承人的位子上拉下來的大股東也閉嘴了，臉色漲紅。

——未完待續

高寶書版集團
gobooks.com.tw

CP015
神祕主義至上！為女王獻上膝蓋　第三部　2

作　　者　一路煩花
繪　　者　Tefco
編　　輯　林欣潔
封面設計　林檎
排　　版　彭立瑋
企　　劃　黃子晏

發 行 人　朱凱蕾
出　　版　三日月書版股份有限公司
　　　　　Mikazuki Publishing Co., Ltd.
地　　址　臺北市內湖區洲子街88號3樓
網　　址　www.gobooks.com.tw
電　　話　(02) 27992788
電　　郵　readers@gobooks.com.tw（讀者服務部）
傳　　真　出版部　(02) 27990909　行銷部 (02) 27993088
郵政劃撥　50404557
戶　　名　英屬維京群島商高寶國際有限公司台灣分公司
發　　行　英屬維京群島商高寶國際有限公司台灣分公司 / Printed in Taiwan
　　　　　Global Group Holdings, Ltd.
法律顧問　永然聯合法律事務所
初版日期　2025年2月

本著作物由瀟湘書院（天津）文化發展有限公司授權出版。

國家圖書館出版品預行編目(CIP)資料

神祕主義至上！為女王獻上膝蓋. 第三部 / 一路煩花著.-- 初版. -- 臺北市：三日月書版股份有限公司出版：英屬維京群島高寶國際有限公司臺灣分公司發行, 2025.02-
面；　公分. --

ISBN 978-626-7391-40-2 (第2冊：平裝)

857.7　　113018124